U0097414

古典詩歌研究彙刊

第二三輯

龔鵬程 主編

第 3 冊

節氣與節令
——唐詩中的清明與重陽

王靖雯 著

國家圖書館出版品預行編目資料

節氣與節令——唐詩中的清明與重陽／王靖雯 著 — 初版 —
新北市：花木蘭文化出版社，2018〔民 107〕
目 2+128 面；17×24 公分
（古典詩歌研究彙刊 第二三輯；第 3 冊）
ISBN 978-986-485-280-2（精裝）
1. 唐詩 2. 詩評
820.91   107001409

ISBN-978-986-485-280-2

9 789864 852802

古典詩歌研究彙刊
第二三輯　第 三 冊　　　　ISBN：978-986-485-280-2

節氣與節令——唐詩中的清明與重陽

作　　者　王靖雯
主　　編　龔鵬程
總 編 輯　杜潔祥
副總編輯　楊嘉樂
編　　輯　許郁翎、王筑　美術編輯　陳逸婷
出　　版　花木蘭文化出版社
發 行 人　高小娟
聯絡地址　235 新北市中和區中安街七二號十三樓
　　　　　電話：02-2923-1455／傳真：02-2923-1452
網　　址　http://www.huamulan.tw 信箱 hml810518@gmail.com
印　　刷　普羅文化出版廣告事業
初　　版　2018 年 3 月
全書字數　95438 字
定　　價　第二三輯共 14 冊（精裝）新台幣 22,000 元

節氣與節令
——唐詩中的清明與重陽

王靖雯　著

作者簡介

王靖雯，七年七班學生。一個出生自台中市的平凡女孩。喜歡閱讀，種類不限，喜歡觀察事物與發呆，經常為之。2010 年 6 月自大學畢業後，同年得以順利考上逢甲大學中國文學系就讀，由於在碩士班修課期間修習了廖美玉教授開設唐宋文學研究相關課程，深受多元且豐富的唐代文化所吸引，便與唐代研究結下了緣份。因此，畢業碩士論文即以唐代詩歌作為撰寫之題目。2017 年 6 月幸蒙恩師廖美玉教授薦舉，得以將論文出版，甚幸。

提　要

　　在中國的詩歌發展故程中，自然物色對詩人創作的影響，一直佔有重要位置。季節的變化帶動了物色的轉換，直接刺激人們的感知。由春至夏，自秋及冬，景觀上的陰陽慘舒，判然分明，引帶出對四季年月這時間格度及其流移推展的清楚認識。

　　本篇以唐代詩歌為主要討論文本，分別觀察寒食清明與九日重陽之中的節氣感與節令習俗，企圖呈獻出唐代文人對於節氣的物候感知等相關問題，並討論由古人所累積的節氣與節令經驗對應至今人們於節氣記載的感受與因節氣而生的節令習俗的流傳、轉變與態度。企圖在前人研究的基礎上再將「節氣」與「節令」作一認識結合。

　　全書分成五章，第一章為「緒論」，說明本文的研究動機與目的，回顧相關議題的研究成果，並分析「節令」、「節氣」的義界，以及本文研究資料的取材與應用原則。第二章從清明的節氣意義方面談起，分析清明作為天氣變化重要觀測指標的原因，透過詩作觀察自然景色與動植物的變化。後以其節令活動為討論主題，就歲時資料所載的節俗活動作為基點，耙梳唐代詩人於過節時的興悲癥結。第三章則將屬於暮秋重陽時所有的動植物徵狀做析論，再以其節令活動作討論，探討詩人過節的情緒感受。第四章以安史之亂為分隔點，企圖整理詩人於戰亂後思想的變化，及其影響詩作創作數量的原因。第五章為「結語」，除了概述本文的研究心得，也對後續的相關研究與其他領域的應用情況，進行簡單的分析與展望，作為未來努力的指標。

目

次

第一章　緒　論

第一節　論題的提出

　　詩，是一種凝鍊的文學結晶，以簡短的文字，呈現出詩人內心所要表達的意境、情感與想法。其體材，經由時代的變遷演進，而發展出各種不同的形式，而它的內容更是包羅萬象，不論是詩人個人抒情言志的情懷、或對於事物、歷史、愛情、友情、親情、戰爭、百姓生活……等，這些題材皆曾出現在詩人觀察吟詠的詩歌之中。而詩歌發展至唐代，已進入了中國古典詩歌的全盛時期，詩人輩出，作品數量暴增，大放異彩〔註1〕。

　　在中國的詩歌發展過程中，自然物色對詩人創作的影響，一直佔有重要位置，〔梁〕劉勰《文心雕龍‧物色篇》即指出：

　　　　春秋代序，陰陽慘舒，物色之動，心亦搖焉。蓋陽氣萌而
　　　　玄駒步，陰律凝而丹鳥羞，微蟲猶或入感，四時之動物深

〔註1〕〔明〕胡應麟《詩藪》：「甚矣！詩之盛於唐也。其體則三四五言，
　　　　六七雜言，樂府歌行，近體絕句，靡弗備矣。其格則高卑遠近，濃
　　　　淡淺深，巨細經麤，巧拙強弱，靡弗具矣。其調則飄逸渾雄，沈深
　　　　博大，綺麗幽閒，新奇猥瑣，靡弗詣矣。其人則帝王將相，朝士布
　　　　衣，童子婦人，緇流羽客，靡弗預矣。」台北：廣文書局，1973年，
　　　　中冊，外編卷3，頁479～480。

> 矣。……是以獻歲發春，悅豫之情暢；滔滔孟夏，鬱陶之
> 心凝；天高氣清，陰沉之志遠；霰雪無垠，矜肅之慮深；
> 歲有其物，物有其容；情以物遷，辭以情發〔註2〕

中國的時間意識，是人身處在時間長流裡，與它相感相應。季節的變化帶動了物色的轉換，直接刺激人們的感知。由春至夏，自秋及冬，景觀上的陰陽慘舒，判然分明，引帶出對四季年月這時間格度及其流移推展的清楚認識。〔註3〕〔晉〕陸機《文賦》也提出了：「遵四時以嘆逝，瞻萬物而思紛；悲落葉於勁秋，喜柔條於芳春。」〔註4〕說明了季節推移變化之際，自然萬象的變化，喚起了作者的不同情緒，成爲創作最主要的靈感。

除了敏感的詩人擅於捕捉並書寫出四時變化的景象，在中國古代醫學中，對於時序及身體相映的論述，也甚爲繁多，擇要列舉如下：

> 《素問・四時刺逆從論篇》：「……。是故春氣在經脈，夏
> 氣在孫絡，長夏氣在肌肉，秋氣在皮膚，冬氣在骨髓
> 中。……。歧伯曰：春者，天氣始開，地氣始泄，凍解冰
> 釋，水行經通，故人氣在脈。夏者，經滿氣溢，入孫絡受
> 血，皮膚充實。長夏者，經絡皆盛，內溢肌中。秋者，天
> 氣始收，腠理閉塞，皮膚引急。冬者蓋藏，血氣在中，內
> 著骨髓，通於五藏。……。」

> 《素問・陰陽別論篇》黃帝問曰：「人有四經十二從，何
> 謂。」歧伯對曰：「四經應四時，十二從應十二月，十二
> 月應十二脈。」〔註5〕

可見古代醫學已清楚觀察到：順應四時節氣的變化，人體自身會改變氣的運行與脈動，故此要配合著四時的更迭，以達到養生的效用。凡此都說明了：人與四時節氣有著密不可分的關係。

〔註2〕 見劉勰著，王更生注譯《文心雕龍・物色》，卷46，頁301～302。

〔註3〕 詳文請見，鄭毓瑜《六朝情境美學》，台北：台灣學生書局出版，1996年，頁69。

〔註4〕 見《昭明文選》，卷17，頁416。

〔註5〕 〔清〕張志聰集注《黃帝內經素問集注》，杭州：浙江古籍出版社，2002年，頁129、312、238。

　　中國是傳統的農耕社會，幾乎所有的帝王均以農立國，而農耕與時序的關係同樣是密不可分的，農民依據古老先民流傳下來的經驗進行農時的春耕、夏耘、秋收、冬藏。代代相傳，農耕的作業已有一套定律，生活的的節奏也跟著日月流轉、四時遷移而同步運行。《詩經・豳風・七月》中便載入了先民順應自然而作的生活經驗：

> ……。七月流火、九月授衣。春日載陽、有鳴倉庚。女執懿筐、遵彼微行、爰求柔桑。春日遲遲、采蘩祁祁。女心傷悲、殆及公子同歸。七月流火、八月萑葦。蠶月條桑、取彼斧斨、以伐遠揚、猗彼女桑。七月鳴鵙、八月載績。載玄載黃、我朱孔陽、爲公子裳。四月秀葽、五月鳴蜩。八月其穫、十月隕蘀。一之日于貉、取彼狐狸、爲公子裘。二之日其同、載纘武功、言私其豵、獻豜于公。五月斯螽動股、六月莎雞振羽。七月在野、八月在宇、九月在戶。十月蟋蟀、入我牀下。穹室熏鼠。塞向墐戶。嗟我婦子、曰爲改歲、入此室處。六月食鬱及薁、七月亨葵及菽。八月剝棗、十月穫稻。爲此春酒、以介眉壽。七月食瓜、八月斷壺、九月叔苴、采荼薪樗。食我農夫。……。〔註6〕

全文以一年十二月的順序，從自然環境的物種變化與反應、農事進行與收穫的時間等等，皆詳細的紀載，清楚映現了早期先民的農業生活模式，配合著季節變化，以人力配合著大自然的資源，確保了生存的衣食無缺〔註7〕。可得知，古人們很早就開始紀錄天候的變化與物種演生的規律。因此，爲了農耕上的便利，故制訂了曆法，產生了二十四節氣，人們在節氣的關鍵日所從事的活動，更產生了相關的節日，並且在這些節日之中，形成了特定的節令活動，森茂芳〈論民族年節的傳播學意義及其社會整合功能〉指出：

> 對節氣的遵循，對節日的運用，是人類對自然規律、生產

〔註6〕　〔漢〕鄭玄箋，〔唐〕孔穎達疏《詩經》，臺北：藝文印書館，1982年，頁276。

〔註7〕　廖美玉〈陶潛「歸田」所開啓的生態視野與多元族群觀〉，收入氏著《回車：中古詩人的生命印記》，臺北：里仁書局，2007年，頁155。

節奏的經驗性把握。節日是節氣的關節點，人類對其高度的關注，輪迴重複，世代強化，於是使得本來只是作爲兩個節氣相交之日的曆法節日演化爲一種具有慶典意義的儀式節日。〔註8〕

經過漫長的時間演變，關於農耕上的節氣循環，被沿用保留下來，並且逐步附加上人們的心意，包括對節氣順暢所帶來的豐收的慶祝與感恩，或恐懼節氣不順影響農耕收成的祈求，就成了自然節氣的歸責記載與民俗節令。而有許多的節令習俗，或被保留或轉變，將原來的迷信、禁忌、祓禊、禳除的神秘氣氛，轉變爲娛樂型、禮儀型，成爲眞正的「佳節良辰」〔註9〕。值得注意的是，時代的變遷過程中，出現了幾種現象：一、有不少在歷史上盛行的節日已經漸漸的不再如此的興盛然後消失；二、有不少的節俗活動，透過了朝代的民族特性、群眾性、地域性、傳承性和變異性而盛行；三、有些節日因爲社會環境的變革產生了變化。因應節氣而產生的節令，其起源、興盛、變化乃至消失，背後自有其原因與意義，可能關涉到自然節候與人類行爲的變遷。

　　唐代人對於自然山水、草木花鳥、自身生命情感的喜愛，造就了多元的文化氛圍，多采且豐富。而他們也在文學詩作當中，透漏了對於自然的熱愛與迫切追尋精神、身體解放的渴望。城市經濟的繁榮，市民階層的興起，重視享樂的風氣，使源於上古的節日民俗活動到了唐代更具其時代特色。〔註10〕其豐富性與完整性也更臻完

〔註8〕　森茂芳〈論民族年節的傳播學意義及其社會整合功能〉,《民族藝術研究》第六期，2001 年，頁 6。

〔註9〕　詳文請見，郭興文、韓養民《中國古代節日風俗》，台北：博遠出版有限公司，1992 年，頁 17。

〔註10〕　程薔、董乃斌《唐帝國的精神文明》「唐人對於遼闊無垠、蘊藏著無窮美感的大自然似乎更爲酷愛，親近大自然乃至回歸大自然的願望似乎也更爲迫切而強烈。他們對於時光、山水、草木、花鳥蟲獸和自身的生命都備加珍惜，充滿情感，他們想方設法，幾乎是尋找一切機會謀求歡娛、快樂和自由。他們渴盼肉體的解放

善與定型，各具特色的節令活動，配合著不同節氣而產生。而這些
歲時節令，是傳統的農耕經濟和農業文明的伴隨產物，是中國古代
曆法和季節氣候變化的相結合而排定的，而又與人們原始的神祇信
仰、祖先祭拜、圖騰觀念等等活動融合在一起，由人民群眾集體創
作出來的一種文化產物。它既可說是一種對於大自然未知力量的一
種依賴與敬畏，亦是先民一種順應自然、應時而作、張弛有度的生
活節律。而它也是一定時期社會經濟、政治情況、民族心理的反應，
透過詩人的創作的詩文中點滴積澱，在漫漫的歷史長河之中，將人
的社會行為一點一滴的記錄下來。

　　在四時變化中，春秋兩季在景物與耕作中的變化最為明顯，春天
是採種、萌芽與生長的季節，而秋天則是結實、枯萎與收成的季節，
既是農民最忙碌的季節，也是最容易引起詩人感知興發的季節，日人
松浦友久在《中國詩歌原理》中即指出中國古代詩人摹寫四季乃集中
在春秋兩季。〔註11〕再如王立《中國古代文學十大主題——原型與流
變》也將春、秋視為抒情文學創作經驗的重要觀察點。〔註12〕

和精神的超越。一方面，他們嚮往勇武多力的陽剛之美，他們讚
嘆奮發好強，鼓勵爭冠奪魁；另一方面，他們又嚮往繁艷或寧靜
的陰柔之美，他們謳歌春光秋色，欣賞紅男綠女，酷愛醇酒美食，
好像有一股發自內心深處的動力，促使他們借助節日的慶典，把
理想變成現實，將瞬間變成永恆。」北京：中國社會科學院出版，
1996 年，頁 67。

〔註11〕〔日〕松浦友久著，孫昌武、鄭天剛譯《中國詩歌原理》，台北：
洪葉文化出版，1993 年，頁 5～11

〔註12〕作者認為，由宋玉《九辯》的悲秋意識，開始了中國文人吟詠悲
秋的和聲與迴響。又再如傷春意識的醒覺，作者認為「春恨具體
可分為兩種。一是面對初春、仲春美景所發生的怨春、恨春之情，
見美景反生愁思，感傷自身本質沒有在人與人或人與社會的關係
中得到應有的肯定，這是一種自我與對象同構異質的比照；而另
一種，則是面對暮春殘景發出的惜春、憫春之悲，痛惋花褪紅殘、
好景不長，連想到自身在現實中的被否定和難於被肯定，如同春
光難久，春去難歸，這是自我與對象間「同形同構」的印證，頗
近乎悲秋。」詳文請見王立《中國古代文學十大主題——原型與流

　　是故，本文擬以唐代有關清明與重陽的詩歌爲研究文本，此二者時間點一爲暮春一爲暮秋，皆是景色達到極致且定型的時候。蕭放言：

> 在傳統中國的歲時觀念中，歲時包含著自然的時間過程與人們對映自然時間所進行的種種時序性的人文活動。因此，歲時既具有自然屬性又具有人文屬性。〔註13〕

由此可發現人文「節令」與自然「節氣」關係之密不可分，然而，有哪些是屬於先民運用智慧流傳下來的自然的節氣活動？又有哪些是到了唐代才有的專屬節令活動呢？故此，筆者將透過詩歌作品，藉由詩人眼中所見的節氣物候與節俗活動情況，聚焦觀察詩人對「節氣」與「節令」的書寫，希望能夠清楚掌握當時人們所感知的節氣，及其在節日中的思維與行爲及其背後的文化內涵。

第二節　文獻回顧

　　以下將針對與本論文主題相關的研究現況進行討論，文獻回顧的範圍將以對本論文有所啓發者爲主，並以「節氣」與「節令」兩部分作呈現：

一、節　令（文獻依出版年份排列）

　　依據唐人韓鄂《歲華紀麗》中載，包含了：元日、人日、上元、晦日、中和、二月八日、社日、上巳、寒食、四月八日、端午、伏日、七夕、中元、八月祭媽祖、十四朱墨點額、相遺眼明囊、重陽、冬至、臘祭、歲除。而本文所討論的其中一個主題「清明」，對於唐人而言，由於與「寒食」時間相近，故已納入了「寒食」之中，而「清明」是一個特殊的存在，其爲節氣亦是節令；九月重陽，則爲野遊登高、佩

　　變》，臺北：文史哲出版社，1994 年，頁 148、184。

〔註13〕蕭放《歲時：傳統中國民眾的時間生活》，北京：中華書局出版，2002年，頁 7。

茱飲菊之時。於此，羅列現今對於「寒食」、「清明」、「重陽」節令活動的前人研究成果：

作　者	書　　名	出　版　社	出版年
王世禎	中國節令習俗	台北：星光出版社	1981 年
郭興文 韓養民	中國古代節日風俗	台北：博遠出版社	1992 年
喬繼堂	中國歲時禮俗	台北：百觀出版社	1993 年
何立智	唐代民俗和民俗詩	北京：語文出版社	1993 年
王熹主編 佟輝著	天時・物候・節道——中國古代節令智道透析	南寧：廣西教育出版社	1995 年
李延齡 韓廣澤	中國古代詩歌與節日習俗	台北：百觀出版社	1995 年
程薔 董乃斌	唐帝國的精神文明——民俗與文學	北京：中國社會科學出版社	1996 年
蕭放	歲時：傳統中國民眾的時間生活	北京：中華書局	2002 年
殷登國	歲節的故事	台北：知書房出版社	2004 年
李露露	中國節	福州：福建人民出版社	2006 年
喬繼堂	細說中國節——中國傳統節日的起源與內涵	北京：九州出版社	2006 年
常建華	歲時節日裡的中國	北京：中華書局	2006 年
趙睿才	唐詩與民俗關係研究	上海：上海古籍出版社	2008 年

　　王世禎《中國節令習俗》、殷登國《歲節的故事》，兩者的內容為將中國的節令習俗、流傳故事作一探討。郭興文、韓養民《中國古代節日風俗》，對於中國古代的八個〔註 14〕節日的起源、發展與演變，有深入的探討。喬繼堂《中國歲時禮俗》與《細說中國節——中國傳統節日的起源與內涵》二書，內容大致相同，以探討中國傳統節日的

〔註14〕其所列八個節日為：除夕、元旦、元宵、清明、端午、七夕、中秋、重陽。

起源與內涵為主，前者為 1993 年於台北出版，後者為 2006 年於北京出版，亦為前者的修訂本，其不僅修訂了部分內容，也增加了三百多張精美的圖片，圖文並茂。頗具參考與教育價值。王熹主編、佟輝著《天時・物候・節道——中國古代節令智道透析》將先秦曆法到歷代的節令文化作一有系統的整理。李延齡、韓廣澤《中國古代詩歌與節日習俗》一書，爬梳中國立代詩歌中所反映的十二個〔註 15〕節日民俗，並援引該朝代典籍，說明當時的節日民俗概況。其所引詩歌內容從《詩經》到清代詩歌皆有，讓人可一覽中國歷代詩歌的民俗風貌。程薔、董乃斌《唐帝國的精神文明——民俗與文學》一書中的〈歲時節日篇〉以節俗與文學相結合，對唐代節俗作了全景式的描述與整理，並且對於人民的審美、倫理等等過節觀念，作一概括性的闡述。蕭放《歲時：傳統中國民眾的時間生活》以荊楚歲時記為主要文本，將古代人民過節習俗，作一羅列整理。王世禎《中國節令習俗》、殷登國《歲節的故事》，也將中國的節令習俗、流傳故事作一探討。李露露《中國節》採用「圖說民間傳統節日」的方法，共有 540 張圖，蒐集歷史圖像，側重研究圖像民俗，運用一種新穎的民俗學研究方法，以圖文相互結合，以文釋圖，利用生動的形象來闡釋中國古代的節日文化。常建華《歲時節日裡的中國》從整體的宏觀角度，將中國歲時節日民俗的起源、演變作一整理，其運用自身明清史與社會史的長才，旁徵博引了許多文獻資料，並佐以精闢且有創見的論述。趙睿才《唐詩與民俗關係研究》為作者的博士論文修訂成書，其將唐詩與服飾、飲食、居行、婚姻、喪葬、祭祀、節令等民俗史料作一結合，探討唐詩中的民俗文化，引經據典的闡述頗為詳盡。

　　而蕭放《歲時：傳統中國民眾的時間生活》、程薔、董乃斌《唐帝國的精神文明——民俗與文學》二書，對於本論文節令部分啓發頗深，《歲時：傳統中國民眾的時間生活》將歲時一詞作一析理分為自

〔註15〕其所列十二個節日為：元旦、立春、元宵、上巳、清明、端午、七
　　　　夕、中秋、重陽、冬至、祭社、除夕。

然屬性的「歲時」與人文屬性的「時令」作劃分探討，釐清此二者的相異與相連關係；《唐帝國的精神文明——民俗與文學》將唐代人民的節俗生活作了仔細的描寫，上至君王下至庶民百姓的過節活動，皆佐以唐代史料作細緻的描述。而現今與「節令」相關學位論文如下：

姓　　名	論　文　題　目	畢　業　系　所	出版年份
李秀靜	唐代九日重陽詩歌研究	文化大學中國文學系碩士班	1994 年
辜美綾	唐代文學與三元習俗之研究	政治大學中國文學系碩士班	1994 年
楊欽堯	唐代的節日：以七月十五日為主要探討	台灣大學歷史所碩士班	2000 年
吳淑杏	七夕詩之研究——以六朝至唐代為範圍	政治大學中國文文所碩士班	2004 年
陳正平	唐詩所見遊藝休閒活動之研究	東海大學中國文學系博士班	2005 年
黃靖惠	唐代詩歌中的節日厭勝文化	逢甲大學中國文學系碩士班	2008 年
劉奇慧	唐代節令詩研究	台灣師範大學國文系博士班	2010 年
鄭文裕	唐人歲時吟詠研究	玄奘大學中國文學系博士班	2013 年

　　李秀靜《唐代九日重陽詩歌研究》，著重探討唐代重陽詩中所反映的重陽習俗、詩歌抒情內容及藝術手法的表現。辜美綾《唐代文學與三元習俗之研究》，從道教文化的視角，探討唐代文學與三元習俗的關係，文本內容包含詩歌、筆記小說等，對於上元、中元、下元節進行以習俗為主的研究。楊欽堯《唐代的節日：以七月十五日為主要探討》，採用唐詩、《唐六典》、《道經》、〈盂蘭盆賦〉等文獻資料探討唐代中元節的情況。吳淑杏《七夕詩之研究——以六朝至唐代為範圍》，選取朝代範圍為六朝到唐代，進行七夕詩作中習俗探源、習俗特色及詩歌內容與藝術的分析研究。陳正平《唐詩所見遊藝休閒活動之研究》、黃靖惠《唐代詩歌中的節日厭勝文化》，一就節日禁忌，一就民俗遊藝活動作為探查的切入點。劉奇慧《唐代節令詩研究》，關

照唐詩中所反映的重要節令習俗、唐代節令詩的文化意義及其亦術特色與史料價值。鄭文裕《唐人歲時吟詠研究》，以節日分章，考據節日源流，佐以唐人詩作，分析其過節情懷。在大陸地區關於唐代「節令」之學位論文研究近況爲：

姓　名	論　文　題　目	畢　業　系　所	出版年份
朱紅	唐代節日民俗與文學研究	復旦大學中國文學系博士班	2002 年
何海華	論唐代寒食清明詩	華中師範大學古代文學碩士班	2005 年
王相濤	唐代重陽詩研究	南京師範大學中國文學系碩士班	2006 年
張勃	唐代節日研究	山東大學中國古代史博士班	2007 年
張全曉	《全唐詩》歲時文化研究	華中師範大學歷史文獻學碩士班	2007 年
王金躍	《歲華紀麗》與唐代民眾歲時民俗	青島大學專門史碩士班	2012 年

　　朱紅《唐代節日民俗與文學研究》，其概述了唐前節日系統的產生及其特點，後對唐代節日習俗加以綜合性考察。以唐代節日中的新變因素爲標準，將其分爲傳統節日民俗與新變節日民俗兩類。何海華《論唐代寒食清明詩》，以寒食清明詩爲切入點，探究民俗文化內蘊與詩人情感，並考證寒食清明詩的歷史傳承性與時代變異性。王相濤《唐代重陽詩研究》，將重陽節習俗的文化意義，深層的民族心理，詩人創作心理即作品意象等作依綜合性的研究與討論。張勃《唐代節日研究》，以《全唐詩》、《全唐文》和筆記小說作爲文本，從歷史、民俗、社會、政治等不同角度作一不同視野的出發，並帶入作者所言民俗個體的行動者的「主觀意義」，爬梳詩作之中，對於外在變化所引發的詩情。張全曉《《全唐詩》歲時文化研究》，將唐詩與唐代歲時文化交叉研究，論證兩者的交互關係。揭示唐代節俗的過節風貌。王

金躍《《歲華紀麗》與唐代民眾歲時民俗》，以唐人韓鄂所著《歲華紀
麗》爲主要文本，通過其中所載之歲時節日，展示唐代民眾節日生活
的民俗型態，呈現唐代歲時節日的時代特徵。而有關於宋代節令的學
位論文研究亦頗爲豐富，整理出研究情況如下：

姓　名	論文題目	畢　業　系　所	出版年份
陶子珍	兩宋元宵詞研究	東吳大學中國文學系碩士班	1992 年
張金蓮	兩宋上巳寒食清明詞研究	東吳大學中國文學系碩士班	1993 年
廣重聖佐子	宋代節令詞研究	台灣大學中國文學系碩士班	1993 年
曾淑姿	兩宋中秋詞研究	東吳大學中國文學系碩士班	1996 年
劉學燕	兩宋七夕與重陽詞研究	東吳大學中國文學系碩士班	1996 年
馬麗珠	宋代中秋詩研究	靜宜大學中國文學系碩士班	2007 年
楊子聰	兩宋元旦與除夕詞研究	華梵大學東方人文思想學系碩士班	2008 年

　　上述以「節令」和「宋詞」、「宋詩」結合之碩士論文研究，有
針對個別節令：元宵、中秋的習俗與詩歌內容、藝術特色，進行研
究者；亦有將二至三個節令共同討論者，如「元旦與除夕」、「七夕
與重陽」、「上巳、寒食和清明」等節令習俗與詩歌內容、藝術特色
作爬梳研究。廣重聖佐子《宋代節令詞研究》則是先分述宋代節令
詞中所提及的各個節令習俗，再總論宋代節令詞的特色。而由上可
知，宋代節令詩詞的研究成果亦是頗爲豐碩，故此，可進而推演出
唐代流傳至宋代的節令習俗之多樣性。期刊論文方面：

　　徐國能〈論杜甫「九日」詩〉〔註16〕，以節令的角度，將杜甫
「九日」共十篇，十四首詩作當中因時代動盪、自身飄零所表現的孤
獨感與生命流逝的悲傷，作一分類與解析。黃靖惠〈唐詩中的被褉〉
〔註17〕，其闡述了先秦以來被褉的演變情形，藉此瞭解了被褉於唐代

〔註16〕《中國學術年刊》第 21 期，2000 年，頁 319～343。
〔註17〕《逢甲中文學刊》，2008 年 1 月，頁 87～108。

的傳承情況。並以唐詩中所紀載之祓禊內容作為分析，佐以唐代與祓禊相關史料，綜合了解祓禊於唐時之情況。王明蓀〈唐宋時的寒食清明〉〔註18〕，將唐宋寒食清明活動作一解說，並佐以史料印證。行文之中附上與唐宋寒食清明相關圖片，生動活潑。蕭放〈清明──中國人的祭祖節〉〔註19〕，以清明節為主要討論節日，並將唐宋以來清明逐漸取代寒食節俗功能的情況，作一梳理爬解。將清明掃墓祭祖的意義、踏青出遊等等的活動，以唐詩與相關文獻相互論證。陳忠業〈「論唐代節俗詩」──以上巳、寒食、清明節考析〉〔註20〕，以唐詩為入門，檢視唐代對於上巳、寒食、清明之過節情況，並比對台灣之過節情況，對照出古禮與現今節俗的亡佚與留存。蕭放〈論漢魏時期歲時節日體系的形成〉〔註21〕，以漢魏時期作為時代點，討論歲時的名稱、時間、節俗的形成等，佐以史料文獻爬梳出因政治、經濟、倫思想、曆法重新整頓後所成形的節令文化。李雲霞〈「曲水流觴」雅集的盛衰──談上巳節的起源與流變〉〔註22〕，整理先秦至宋元的上巳活動流變、傳承、衰微的原因與情況。

二、節　氣

　　「節氣」於當今學術界，仍是一塊待開發的處女地，關於「節氣」的研究多半以醫療保健養生為主。而文學方面，目前學界對於「節氣」皆是於討論「節令」前略提到一點，並未有過多的著墨。故筆者羅列了以下幾篇為對於筆者撰文時，有所啓發的文章：

　　莊雅州《夏小正研究》〔註23〕，可與《禮記‧月令》一同作為先秦時代農時物候狀況的研究參考。

〔註18〕《故宮文物月刊》第八期，1990 年，頁 50～57。
〔註19〕《歷史月刊》，2000 年 4 月號，頁 94～98。
〔註20〕《玄奘人文學報》第十期，2000 年 7 月，頁 87～116。
〔註21〕《輔仁國文學報》第十八期，2002 年 11 月，頁 95～127。
〔註22〕《中國語文月刊》，2003 年 1 月，頁 58～65。
〔註23〕1981 年，國立台灣師範大學中文所博士論文。

　　黃偉倫〈蘭亭修禊的文化闡釋——自然的發現與本體的探詢〉
〔註 24〕，內容著眼於與修禊相關的〈蘭亭集序〉、〈後序〉與蘭亭詩
作等內容，將內容分為「本體的探尋」與「自然發現」兩大層面作
為探討，探究文人雅集中，文人作品所凸顯出來的主題意識、自然
關懷、情感底蘊以及對於山水的審美體驗與觀照。

　　鄭毓瑜〈身體時氣感與漢魏「抒情」詩——漢魏文學與楚辭、月
令的關係〉〔註 25〕，此篇論文，對於筆者撰寫論文時的啟發頗深，其
以魏晉為時代點，針對〈月令〉系統所形成的時物體系與天人一體的
氣態感作為討論。再者，將時氣推移所形成的身體感，串連《楚辭》，
討論「身體節（時）氣感」如何由〈月令〉系統及屈原、宋玉的作品
中進一步得到發展。後由漢魏詩文與〈月令〉、《楚辭》交互詮釋，將
中國抒情傳統定型初期的「自然環境」，提出一種奠基於「氣氛狀態」
的論述面向。

第三節　節氣與節令的義界

一、「節氣」的義界

　　《淮南子》曰：「鼁化為鶉，鶉化為布穀，布穀復為鶁，順節令
以變形也。」〔註 26〕此處的「節令」，所指的是四時季節的變化，為
自然的「季節」，順應著季節的運行規律，若違背則會帶來災害。因

〔註 24〕《華梵人文學報》，第十三期，2000 年 1 月，頁 157～186。
〔註 25〕收錄於鄭毓瑜編《中國文學研究的新趨向：自然、審美與比較研究》，
　　　　台北：台大出版中心，2005 年，頁 227～266。
〔註 26〕〔清〕陳夢雷原編，蔣廷錫等撰《歲功典》，《古今圖書集成》第
　　　　三冊：「羽物變化轉于時令。仲春之節，鷹化為鳩。季春之節，田
　　　　鼠化為駕。仲秋之節，鳩復化為鷹。季秋之節，雀入大水化為蛤。
　　　　孟冬之節，雉入大水化為蜃。」《淮南子》曰：「鼁化為鶉，鶉化
　　　　為布穀，布穀復為鶁，順節令以變形也。」台北：鼎文書局，1976
　　　　年，卷 10，頁 106。而引文之中言原典為《淮南子》，但實際查找
　　　　後，卻未查到此段，故筆者推測可能為《淮南子》亡佚之資料。

此，人們便有了紀錄天時的習慣：

> 一月，……鞠則見。鞠者何？星名也。鞠則見者，歲再見
> 爾。三月，……參則伏。伏者，非亡之辭也。星無時而不
> 見，我有不見之時，故曰伏云。四月，……昴則見。初昏
> 南門正。南門者，星也。歲再見。壹正，蓋大正所取法也。
> 五月，……參則見。參也者，伐星也，故盡其辭也。六
> 月，……初昏斗柄正在上。五月大火中，六月斗柄正在上，
> 用此見斗柄之不正當心也，蓋當依依尾也。七月，……初
> 昏織女正東鄉。時有霖雨。八月，……辰則伏。辰也者，
> 謂星也。伏也者，入而不見也。九月，……內火。內火也
> 者，大火；大火也者，心也。十月，……織女正北鄉，則
> 旦。織女，星名也。〔註27〕

由《夏小正》的記載可推知，夏代曆法基本是將一年分爲十二個月，除二月、十一月、十二月不見星象之外，其他每個月均以星象的昏旦中天、晨見伏夕，來表示節候，而也將每個月所有的自然物候變化作了詳盡的記錄。其雖無法稱爲科學性的曆法，但作爲觀象授時的物候曆與天文曆而言，可知古人已有一定的經驗。

因此，便依此制訂了曆法。佟輝《天時‧物候‧節道——中國古代節令智道透析》：

> 迄今爲止，人類所創造、採用的曆法，有三種不同的類型：
> 其一爲「太陽曆」，它是以對太陽一年中運轉、運動的測算
> 爲基礎；其二爲「太陰曆」，它是以月球（太陰）光面的圓
> 缺晦明形象的變動爲其基礎；其三爲「陰陽合曆」，它是把
> 太陰、太陽曆二者加以調和起來的一種曆法。〔註28〕

「太陽曆」著重在太陽的運行，即是人對地球運行時所產生的視覺，是完全不觀察太陰（月亮）的運行的，而「太陰」又剛好相反只注意到太陰（月亮）的運行，因此，不論選擇太陽或太陰，皆無法準

〔註27〕《夏小正正義》，台北：台灣商務印書館，1965 年。

〔註28〕佟輝《天時‧物候‧節道——中國古代節令智道透析》，南寧：廣西教育出版社，1995 年，頁 9。

確的對應到四季的變化。故中國古代的農曆便折衷將陰陽兩曆相合，即是「陰陽合曆」，融合了「太陽曆」與「太陰曆」，並且設置「閏月」或採用其它計算法來調合四季，使季候能夠近於天時的實際變化，以便於農事的耕耘、播種、收穫等等活動的運作與進行。而關於中國古代的曆法，李永匡、王熹於《中國節令史》作一析論：

> 具體而言，我國古代夏、商、周三代的曆法不同：夏代以正月爲歲首，商代以夏十二月、周代以夏十一月爲歲首。三代以後，秦代及漢初曾以夏曆十月爲正月。但自漢武帝改用夏曆正月爲歲首，即「夏正」後，歷代沿用。其中，我國古代的曆法，有以建子、建丑、建寅三個月的朔日爲歲首的，它們依次叫作周正、殷正、夏正，合稱爲「三正」。所謂「建」係指「斗建」而言，即北斗所指的時辰，由子至亥，每月遷移一辰。西漢初年，流傳著均起於周代末年的所謂六種古曆，其中「夏曆」爲一種，它以建寅之月爲正月。漢武帝改用、後代相襲沿用的曆書，也正是這種「夏曆」。至於夏、商、周三代的正朔，亦各有不同。夏正建寅，以正月爲歲首，稱爲「人統」；商正建丑，以十二月爲歲首，稱爲「地統」；周正建子，以十一月爲歲首，稱爲「天統」。此三者又合稱爲「三統」。〔註29〕

而恰是「三統說」，派生出西漢董仲舒等人的歷史循環論觀。他們認爲「天之道終而復始」，黑、白、赤三統循環復往：夏朝爲黑統，以寅月（即夏曆正月）爲正月；商朝爲白統，以丑月（即夏曆十二月）爲正月；周朝爲赤統，以子月（即夏曆十一月）爲正月。其繼周者，又當爲「黑統」，故理所當然，應用夏曆。如此循環不已，每一朝代之始，都應循曆改正朔，易服色，以順乎天意。這就是漢代改訂曆法，提供的理論依據。此外，它是我國史書上一部記載完整的曆法。規定孟春正月爲每年的第一個月，一年有二十四個節氣，又以爲有中氣的月份，作爲「閏月」。而自西漢劉歆將《太初曆》修訂爲《三統曆》

〔註29〕李永匡、王熹《中國節令史》，台北：文津出版社，1995年，頁5。

後，二十四節氣與閏月的制定也有了一定的準則規範。由於漢武帝改用夏曆後，曆代沿用了夏曆、夏正建寅，唐代亦採用了夏曆，也是以夏曆正月爲歲首。

　　唐代有幾次的曆法改革工作，奠定了唐代曆法的基礎。因爲，唐以前的曆法都用「平朔」（指日月相合時期平均數），只知道月份有一大一小；到唐武德二年（公元 619 年）時，傅仁均造「戊寅元曆」，並採用「定朔」（指日月相合時的眞實數值，各月是不平等的）。〔註30〕以便能提升曆法的準確度〔註31〕。中國古代以農立國，天氣的變化對於農耕有著極爲重要的影響。因此，制訂了曆法，一年十二個月當中，平均每十五日爲一個節氣，一年總共有二十四個節氣〔註32〕，反映其天候變化，以便於農民進行農耕活動。而二十四節

〔註30〕佟輝《天時・物候・節道——中國古代節令智道透析》，「唐代的「戊寅曆」，傅仁均、崔善爲編，武德二年己卯成曆，行用 47 年（公元 619～655 年）。「麟德曆」，李淳風編，麟德二年乙丑成曆，行用 63 年（公元 666～728）。「大衍曆」，一行編，開元十六年戊辰成曆，行用 29 年（公元 729～757 年）。「至德曆」，韓穎編，至德二年丁酉成曆，行用 5 年（公元 758～762）。「五紀曆」，郭獻之編，寶應元年壬寅成曆，行用 21 年（公元 763～783）。「正元曆」，徐承嗣編，貞元元年甲子成曆，行用 23 年（公元 784～806）。「觀象曆」，徐昂編，元和三年戊子成曆，行用 15 年（公元 807～821）。「宣明曆」，徐昂編，長慶二年壬寅成曆，行用 71 年（公元 822～892）。」其仔細的整理了唐代八種曆法的編者、成曆年分與行用時間。此八種曆法，基本上亦是根據「夏曆」所改編。南寧：廣西教育出版社，1995 年，頁 12～14。

〔註31〕另種觀察四季的寒暑更迭的方法，則爲「候氣」，所謂候氣是指將十二枝有固定長度但互不等長的律管，內部填以蘆葦管膜燒製而成的灰，按其長短秩序排列在一個密閉式的房間內，以測候每月節氣至時由地底上生之地氣的設施。此方法於東漢蔡邕《月令章句》即有記載。詳文請見，張志誠《中國古代候氣研究》，國立清華大學歷史研究所碩士論文，1991 年，頁 8。

〔註32〕李永匡、王熹《中國節令史》：「就節氣而論，據《周禮》春官大史「正歲年以序事」疏載：「一年之內有二十四節氣，節氣在前，中氣在後。節氣一名朔氣。朔氣在晦，則後月閏，中氣在朔，則前月閏。節氣入前月法，中氣無法入前月法。」這就是說，中國古代天文學家在定曆法時，以二十四氣來分配十二月，在月首者

氣，更提醒著農民善於順應自然節候變化進行耕作，使之豐盈農作收成。然其所衍伸而出的節令民俗活動，雖不是每個節令皆有衍伸出的節令活動，但不得不說節令的涵義，是偏重於配合四時節序〔註 33〕或農業作息的節慶。如：元旦、立春、上元、上巳、清明、端午、七夕、中元、中秋、重陽、冬至、除夕等節令，皆是配合著人民一年當中的春耕、夏耘、秋收、冬藏的生活習性。

二、「節令」的義界

《禮記》之中，有記載著每個月必須遵守的政令〔註 34〕。《史記·太史公自序》第七十：「夫陰陽四時、八位、十二度、二十四節，各有教令。」〔註35〕這些政令可以說是上古人民對於自然節律的適應與順時而動的所編排出來的，依循著時序的變化來作農耕的改變，同時也因應著不同的時序而有不同的祭祀活動，這對於以農立

為節氣，在月中者為中氣。如果以地球繞太陽運行一週而言，則每月皆有節氣中氣；對無中氣之月，曆法則置閏月加以處理。具體而言，一年中的節氣，係指從小寒起，太陽黃經每增加 30 度，便是另一個節氣。計有：小寒、立春、驚蟄、清明、立夏、芒種、小暑、立秋、白露、寒露、立冬、大雪，十二個節氣，連同十二個中氣，總稱為二十四節氣。中國古代的節氣，有時指一段時間，例如：太陽黃經從 0 度增加到 15 度這段時間叫做「春分」。與現在所用的民間節氣所指時刻，即太陽黃經等於 0 度時叫「春分」，等於 15 度時叫「清明」等等，略有不同。其中，一年中的所謂「中氣」，係指從冬至起，太陽黃經每增加 30 度，便開始另一個中氣。計有冬至、大寒、雨水、春分、穀雨、小滿、夏至、大暑、處暑、秋分、霜降、小雪，十二個中氣；它和前述十二個節氣總稱為「二十四節氣」。台北：文津出版社，1995 年，頁 2～3。

〔註33〕二十四節氣分別為：立春、雨水、驚蟄、春分、清明、穀雨、立夏、小滿、芒種、夏至、小暑、大暑、立秋、處暑、白露、秋分、寒露、霜降、立冬、小雪、大雪、冬至、小寒、大寒。

〔註34〕王夢鷗：「按此處所謂『令』，乃指每月所發布的命令。」《禮記今註今譯》上冊，台北：台灣商務印書館，1977 年，頁 206。

〔註35〕〔漢〕司馬遷著，胡懷琛、莊適選註《史記》，台北：台灣商務印書館，1972 年，頁 3290。

國的中國人而言,是一件十分重要的事情。先民認爲萬物皆有生靈,故此天神信仰崇拜便隨之產生。由於,皇室宗廟的重視,進而影響了民間百姓也同樣的在固定的時間舉辦祭祀,爲了酬謝神靈而安排的活動經過經驗不斷的累積與轉變,衍伸出來的不再僅是祭祀,而是更多屬於其節令的活動,不同屬性不同類型,人民們巧妙的運用這些活動,安排許多的休閒娛樂,作爲工作之餘的放鬆。弗雷德・殷格理斯(Fred Inglis)於《假期:愉悅的歷史》中提:

> 如同生活中的任何理想一般,經過時間的累積,假期將它所有的意義集合在一起,但同時也流失某些意義。當代英文對「假日」的意義是從十八世界的某一刻開始累積,並負起它神奇的責任,每個人都知道,這是從農業時代「聖日」(holy days)的傳統集會而來,當時集體的大量勞動只在短暫的休息中被共享的娛樂活動所取代,例如舞蹈、競賽、耶誕慶典。……考古學家告訴我們,在古早的年代,當宮廷或貴族府邸的耶誕節宴會司儀(Lord of Misrule)在聖日宣佈潔日開始的那一刻,世界就會被顛覆。毫無節制、狂喜、豐富、不顧一切被賦予平常的優勢地位,展現於佳餚與美酒、性愛與說髒話、大肆揮霍的表現與毫不禮貌的穿著之中。在假期裡,所有的一切都可以被大量滿足。工作的訓誡、節儉與自制的美德,這些一般被認爲是使資本主義得以運作的事物,反而使因此犧牲的令一些事物在海灘上大受歡迎。〔註36〕

利用假日來將平日累積的壓力、疲勞作一抒放,即是「假日」的重要性,而在中國古代,通常假日便是節日,人們以自然的節氣變化,順應出了休息的時間。在這些時間裡,皆會有其衍伸出來的節令活動與食物,人們在這些節令裡,進行該節令的特殊活動與食物製作,享受節令時所帶來的愉快,與暫時可以休息的時間。蕭放〈論漢魏時期歲時節日體系的形成〉中言:

〔註36〕Fred Inglis 著、鄭宇君譯《假期:愉悦的歷史》臺北:韋伯文化出版,2002 年,頁 9～10。

　　歲時節日從時間意義來說，是社會生活節奏與自然節律協
　　調的產物。從社會認知的角度看，歲時節日不僅僅是時間
　　段落的標誌，特別是在時間沒有脫掉神秘氣息的古代，歲
　　時節日有著豐富的文化象徵意義與文化內涵。〔註37〕

關於「節令」於唐代涵義甚廣，《唐會要》立「節日」一項，所列的
節日包括與四時節序或農業密切相關的，如：元正（元旦）、上巳、
寒食、端午、重陽、冬至等等；皇帝改訂的節日，如：中和節；降誕
節（皇帝生日）〔註38〕。

　　依據《唐六典》〔註39〕記載，一年內規律性的假期，如下表
〔註40〕：

〔註37〕蕭放〈論漢魏時期歲時節日體系的形成〉，《輔仁國文學報》第十八
　　　　期，2002 年 11 月，頁 96。

〔註38〕〔宋〕王溥《唐會要》，台北：台灣商務印書館，1968 年，卷 29，
　　　　頁 541～548。

〔註39〕其原文如下：謂元正、冬至各給假七日，寒食通清明四日，八
　　　　月十五日、夏至及臘日各三日。正月七日・十五日、晦日、春・
　　　　秋二社、二月八日、三月三日、四月八日、五月五日、三伏日、
　　　　七月七日・十五日、九月九日、十月一日、立春、春分、立秋、
　　　　秋分、立夏、立冬、每旬，並給休假一日。五月給田假，九月
　　　　給授衣假，為兩番，各十五日。私家祔廟，各給假五日。四時
　　　　祭，各四日。父母在三千里外，三年一給定省假三十五；五百
　　　　里，五年一給拜掃假十五日，並除程，五品已上並奏聞。冠，
　　　　給假三日；五服內親冠，給假一日，不給程。婚嫁，九日，除
　　　　程。周親婚嫁，五日；大功，三日；小功，一日，不給程。齊
　　　　衰周，給假三十日；葬，三日；除服，二日。小功五月，給假
　　　　十五日；葬，二日；除服，一日。緦麻三月，始假七日；葬及
　　　　服除皆一日。周已上親皆給程。若聞喪舉哀，並三分減一。私
　　　　忌給假一日，忌前之夕聽還。五品已上請假出境，皆吏部奏聞。
　　　　（卷2，頁35）除了《唐六典》所記載的假寧外，於《唐會要・
　　　　休沐》條列更詳細的紀錄，故在此不贅述。（詳見〔宋〕王溥撰：
　　　　《唐會要》卷 82，上海：上海古籍出版社，1991 年，頁 1518
　　　　～1521。）

〔註40〕本表參酌李堯涓《歸田與憫農——唐詩中田園書寫的兩個面向》，逢
　　　　甲大學中國文學研究所碩士論文，2012 年，頁 69～70。

月份	日			期			總結天數
正月	元正（7天）	立春	初七	春社	十五	晦日〔註41〕	12
二月	初八	春分					2〔註42〕
三月	初三	清明〔註43〕（4天）					5
四月	立夏	初八					2
五月	初五	夏至（3天）	田假（15天）				19
六月	初伏	中伏					2
七月	初七	立秋	末伏	十五	秋社		5
八月	十五（3天）	秋分					4
九月	初九	授衣假（15天）					16
十月	初一	立冬					2
十一月							0
十二月	臘日（3天）	冬至（7天）					10

　　唐代政府對於官員休假期的相關規定，朝中官員固定十日一休的旬假外，凡官員家中有婚、冠、喪葬、祭祀、拜掃等事皆有給假，還有省親之假、功勳之假等額外增添的假期。除去特殊的假寧，開元時期，每一位官員一年有一百一十五天的固定休假。於此，可以發現，唐代政府給予人民的休假是寬裕的。

　　先民為了便利農耕活動依循著太陽與月亮照射角度所劃分出二

〔註41〕德宗時，因李泌之奏改訂二月一日為中和節，取代正月晦日。
〔註42〕2 月 8 日和 4 月 8 日乃是「佛誕日」，因此天寶五年（746）因李希烈所奏，將每年 2 月 15 日定為「道誕日」，放假一天。
〔註43〕大道 13 年（778）改為 5 日，貞元中增為 7 日

十四節氣，而順應四季中二十四節氣的變化，頒布了政令使國家人民遵從。可知節氣與節令之間，有著不能脫離的關係。從自然屬性的節氣誘發人民從事屬於該節序的行為，進而演變成該時節的特色，在某些節令之中從事具有該節令的獨特民俗活動，甚至擁有該節令的獨特應節食物，發展成獨樹一格的重要節令活動。

　　綜合上述，節氣與節令，正代表著「自然」與「人文」兩者相斥卻也相輔的兩種特色，彼此的關係既是對立的，也是交揉互補的，同時在衝突與和諧當中取得平衡，織譜出屬於該時代的時代特色，透過這兩者的相互應證，本文足以更完善而客觀的探討屬於唐代人民的生活體驗與詩人情感。

第四節　研究範圍與方法

　　本文將範圍框定在「清明」與「重陽」之原因，前已提及中國文學作品中的春秋兩季遠高於夏冬兩季，松浦友久把四時概括分為「夏冬」與「春秋」兩大類型，分析這兩大類型的特性指出：

> 對於詩歌季節的夏冬，如果強求共通感覺的話，只有「苦熱」、「苦暑」、「毒熱」……，「苦寒」、「寒苦」等與生理感覺相關聯的例子。

從具象的層次上考慮，如草木的萌芽——開花——落花，或結果——葉枯——搖落，還有候鳥往還等等，這些眼前可見的變化，主要集中在春與秋。當然，夏天有夏天的變化，冬天有冬天的變化，時時刻刻都在暗暗進行之中；但給予人的感性的主觀感情的印象，卻很容易讓人感到夏天持續著一片繁茂，而冬天則持續著一片枯衰。至少，印象絕對不會是相反的。即是說，在具體、具象的層次上已帶有這樣明顯的傾向：春秋是更富變化、推移的季節，而夏冬則是更持續、凝固的季節。〔註44〕

〔註44〕　〔日〕松浦友久著，孫昌武、鄭天剛譯《中國詩歌原理》，台北：

　　春與秋的時間，比起夏與冬來得短暫，且其皆為一個轉折的過渡時間。它們不像是夏天般持續著一派草木繁茂，亦不像冬天般處於枯槁寒冷的情況。故由於景物明顯的變化，更能帶出人們心中的情感，也使映入人們眼中萬物景色更為豐富。

　　筆者從「春秋」這一類型中再具體提出「清明」與「重陽」這兩個時間點，主要原因在於春季與秋季各再細分為「孟」、「仲」、「季」三個區段，而「清明」與「重陽」都屬於兩季的末聲，亦就是「季春」與「季秋」之際。萬物的轉變經過了孟、仲二季而更加的明顯，卻也是走向衰微與轉變的時節，因此有著更鮮明的節氣景物，同時也產生了更豐富的民俗節令。漢劉歆《西京雜記》云：

　　　三月上巳，九月重陽，使女遊戲，就此祓禊登高。〔註45〕

上巳的時間點與清明相近，漢時已將三月上巳與九月重陽並列為春、秋的兩大節日：前者是人們在由秋入春後，經過雨水滋潤、動植滋長，在一片繁春盛景中進行遊戲與祓禊活動；後者是在冬天到來之前，農作物已可收成，候鳥即將南飛到溫暖的地區，人們在秋高氣爽中進行遊戲與登高的活動。兩者恰是漫長而嚴寒冬季前後的時間界標，民俗即有清明「踏青」、重陽「辭青」之說，季節性的物候變遷景象，民俗上的遊戲與儀式活動，交互映現出極為豐富的節氣與節令意涵，而詩人圍繞著這兩個節氣與節令的感受，也就特別引人注目。

　　仔細閱讀了有關節氣與節令的文獻，筆者更注意到了「清明」與「重陽」在歷史發展脈絡中，並非以單一名稱或單一定義存在。故筆者先將「節氣」與「節令」作出義界，再進一步提出「清明」與「重陽」的節氣與節令群的觀念：

（一）「清明」的節氣與節令群

　　作為二十四節氣中的清明，《荊楚歲時記》中便有明確的提出了

洪葉文化出版，1993 年，頁 9、頁 12。
〔註45〕〔漢〕劉歆撰，〔晉〕葛洪集《西京雜記》，台北：台灣商務印書館，
　　　　1979 年，頁

於冬至後一百零七日、春分後十五日〔註46〕的時間點，然要將清明
完全的討論，便不能排除於清明前後的上巳與寒食，意思是說，在
詩人筆下的清明詩內容中，不僅僅單純的提到清明，而是有如：詩
題作爲「寒食」，然內容仍提到「清明」、「上巳」〔註47〕；又或者
詩題爲「清明」，內容卻提到了「上巳」、「寒食」〔註48〕；再或者
詩題爲「上巳」，內容卻提到「寒食」、「清明」〔註49〕，由此可之，

〔註46〕〔梁〕宗懍《荊楚歲時記》，台北：藝文印書館，1965 年。又《孝
　　　　經援神契》中載：「周天七衡六間，曰：『大寒後十五日，斗指東
　　　　北維，爲立春，後十五日，斗指寅，爲雨水。後十五日，斗指甲，
　　　　爲驚蟄。後十五日，斗指卯，爲春分。後十五日，斗指乙，爲清
　　　　明。後十五日，斗指辰，爲穀雨。斗指卯，鳥星中，春分序，趣
　　　　重禾，事墾黍。宋均曰：鳥星，注張也。序，序列用事也。黍生
　　　　於夏，春豫墾，和其田。三月節，萬物至此，皆潔齊而清明矣。
　　　　三月中，言雨生百穀，清淨明潔也。」〔日〕安居香山、中村璋
　　　　八《緯書集成》，河北：河北人民出版社，1994 年，頁 953。
〔註47〕明皇帝〈初入秦川路逢寒食〉「可憐寒食與清明，光輝并在長安
　　　　道。」，卷 3，頁 29。駱賓王〈鏤雞子〉「幸遇清明節，欣逢舊練
　　　　人。」，卷 78，頁 846。張說〈奉和聖製寒食作應制〉「從來禁火
　　　　日，會接清明朝。」，卷 88，頁 963。杜甫〈熟食日示宗文宗武〉
　　　　「幾年逢熟食，萬里逼清明。」，卷 231，頁 2535。施肩吾〈越中
　　　　遇寒食〉「去歲清明雪溪口，今朝寒食鏡湖西。」，卷 494，頁 5598。
　　　　溫庭筠〈寒食前有懷〉「萬物鮮華雨乍晴，春寒寂歷近清明。」，
　　　　卷 582，頁 6749。沈佺期〈和上巳連寒食有懷京洛〉，卷 96，頁
　　　　1043。孫逖〈和常州崔使君寒食夜〉「聞道清明近，春闈向夕闌」
　　　　卷 118，頁 1189。韋應物〈寒食〉「晴明寒食好，春園百卉開。」，
　　　　卷 193，頁 1990。
〔註48〕杜甫〈清明二首〉之一「盧露焦（宜作周）舉爲寒食，實藉嚴君賣
　　　　卜錢」，卷 233，頁 2578。獨孤良弼〈上巳接清明游宴〉「上巳歡初
　　　　罷，清明賞又追。」，卷 466，頁 5303。張籍〈寒食後〉「田舍清明
　　　　日，家家出火遲」，卷 384，頁 4327。元稹〈使東川　清明日〉「常
　　　　年寒食好風輕，觸處相隨取次行」，卷 412，頁 4567。白居易〈清明
　　　　日觀妓舞聽客詩〉「辭花送寒食，併在此時心」，卷 443，頁 4958。
　　　　羅隱〈清明日曲江懷友〉「寡妻稚子應寒食，遙望江陵一淚流」，卷
　　　　656，頁 7539。羅兗〈清明登奉先城樓〉「四海清平耆舊見，五陵寒
　　　　食小臣悲」，卷 734，8386。
〔註49〕唐彥謙〈上巳日寄韓公〉「上巳接寒食，鶯花寥落晨」，卷 672，頁

此三者在唐代詩人筆下由於時間相近，故無法將任何一者分開討論。上巳，在漢代以前定爲三月上旬的巳日，後來固定在夏曆三月初三。其原以袚除不祥爲主要節日活動，然經由魏晉南北朝的轉化，至唐代時，已變爲臨水遊樂的情況。而寒食節爲唐代重要節日之一，時間約爲冬至後的 105 或 106 日〔註50〕，故於唐代時由於時間相隔相近，清明也逐漸的與寒食合併，擁有了寒食的節令特色與活動。因此，本篇論文將上巳、寒食也列入討論範圍之中，作一節令群討論。

（二）「重陽」的節氣與節令群

重陽節爲農曆九月九日，在重陽之時氣溫以不再溫暖，衣服漸添，故唐人沿「九月授衣」〔註51〕之說亦稱「授衣節」。而二十四節氣已運行到「寒露」，重陽所居中的節氣「寒露」所在的時間點剛好在「秋分」過不久〔註52〕，因此，筆者將節氣「寒露」加入了屬於節令的「重陽」作一節令群討論。

因此，在暮春節序中的清明與在暮秋節序之中的重陽，不只是一個單一的存在，不能分開討論。由以上亦可論證出節令是以節氣的環境條件演變衍伸而出。

在研究範圍與步驟上，先以關鍵字查找出關於「寒食」、「清明」、「九日」、「重陽」等關鍵字，加以爬梳後發現除了以上這些關鍵字外，另有「三月三」及「上巳」，來補全暮春相關節日之系統。後將

7690。獨孤良弼〈上巳接清明游宴〉「上巳歡初罷，清明賞又追」，卷 466，頁 5303。

〔註50〕〔梁〕宗懍，王毓榮校注《荊楚歲時記校注》：「去冬至一百五日，即有疾風甚雨，謂之寒食。」，台北：文津出版社，1992 年，頁 109。

〔註51〕〔漢〕鄭元箋、〔唐〕孔穎達疏：《詩經·豳風》〈七月〉：「七月流火，九月授衣，……。」臺北：藝文印書館《十三經注疏》，1982 年，頁 280。

〔註52〕〔日〕安居香山、中村璋八輯《緯書集成》〈孝經援神契〉：「秋分後十五日，斗指辛，爲寒露。言露冷寒，而將欲凝結也。」河北：河北人民出版社，1994 年，頁 955。

查找出之文本依照其義涵歸納，並統計詩作數量，框出「寒食清明」與「九日重陽」詩之大宗特色。

　　由於本論文研究爲唐代的節氣與節令詩，故偏重於唐代整體時代特色，因此以唐代的人文素養、政治干擾兩個面向來探討唐代接受歷代傳流傳的節俗後所發展的情況與變動。故此，本文運用歷史研究法〔註53〕進行史料的蒐證與考證，以利於節氣與節令詩的分析與論證。再者，以主題研究，演繹分析「節氣」、「節令」的的特色，並歸納爬梳，以了解唐代對於節氣的掌握與對於節令的接受與反應。最後，以「清明」、「重陽」詩作，綜合分析詩人潛藏於詩作中的情感意涵。

　　在研究方法上，主要係以唐詩爲主要文本資料。採用之文獻資料方面，爲清聖祖御定《全唐詩》爲主〔註54〕，兼及陳尚君《全唐詩補編》〔註55〕，並運用陳郁夫架構「寒泉」檢索系統爲輔，制定關鍵字。從中檢索出有關於「上巳」、「三月三」、「寒食」、「清明」、「九日」、「重陽」等詩作材料，再逐一覆查原典。再藉助於《新唐書》〔註56〕、《舊唐書》〔註57〕、《禮記》〔註58〕等古籍文獻資料，從詩文分析論述唐代詩人作品中所呈現的印入眼中的節氣景物變化、節令風俗記載，再探討其寫作內涵、藝術特色，以其能夠將唐代的節令搭配先民流傳節氣的智慧，充實豐富詩歌的內涵意蘊。

〔註53〕葉重新《教育研究法》中提及：「歷史研究法是針對過去所發生的事情，做有系統的研討。」台北：心理出版社，2005 年，頁 212。又郭生玉《心理與教育研究法》：「歷史研究的目的是在研究過去所發生的事件，從錯綜複雜的歷史事件中，發現一些事件間的因果關係以及發展的規律，以便做爲了解現在和預測將來的基礎。」台北：精華書局，1994 年，頁 380～381。

〔註54〕〔清〕清聖祖御定《全唐詩》，北京：中華書局，1985 年。

〔註55〕陳尚君輯校《全唐詩補編》，北京：中華書局，1992 年。

〔註56〕〔宋〕歐陽修撰《新唐書》，台北：鼎文書局，1989 年。

〔註57〕〔後晉〕劉昫撰《舊唐書》，台北：鼎文書局，1989 年。

〔註58〕〔唐〕孔穎達疏《禮記》，台北：藝文印書館，2001 年。

第二章　清明與寒食的物候現象與節令活動

　　清明爲二十四節氣之一，亦是中國主要節令。與清明相連結的節令還包含了上巳、寒食這兩個重要的節日。鄭玄注《周禮》已指出：「歲時祓除，如今三月上巳如水上之類。」〔註1〕可見三月上旬的巳日，自古即有水濱祓禊的活動，漸固定爲三月三日，恰與清明節氣時間相近。另一個在清明節前的寒食活動，也與清明產生連結，因而在唐代詩人筆下，往往將寒食、上巳與清明相提並論，形成「清明」節令群的現象。

　　從節氣來說，清明節氣對於農作物的栽植與生長有著重大影響，自然景色的變化，也影響著人們與四時氣物的相互感知。然在節令活動上，清明之前的寒食節，與食寒食的節俗活動，也提醒著人們飲水思源的觀念，但由於寒食與清明的時間相近，故唐人便逐漸的將寒食合併在清明之中，也就產生了日後人們在清明節掃墓與寒食的節俗活動，而唐代朝廷更頒布政令，確立了清明爲掃墓祭祖的日子〔註2〕。

〔註1〕　〔漢〕鄭玄注，〔唐〕賈公彥疏《周禮注疏》，臺北：藝文印書館，1976年，頁400。

〔註2〕　「開元二十年四月二十四日敕，寒食上墓，禮經無文，近世相傳，浸以成俗。士庶有不合廟享，何以用展孝思，宜許上墓，用拜埽禮，

　　另一將祓除不祥、祈求身健體康的節俗上巳，對於文人、百姓之間亦有不同的節令意義。由於環境氣候的不同，身體也就感受著不同的感受，透過詩人較敏感於常人突出的感受，具現於詩作當中看出節氣的轉變對詩人心靈變化的影響。

　　因此，本章主要先以自然的節氣著手，佐以唐代詩人特具的氣物感知，爬梳出節氣轉換時，詩人身心靈改變情況，後以節令做討論主軸。再將唐詩中所描述百姓的生活及詩人作品進行分析，討論其物質與精神文化，從中看出古人的傳統風俗習慣和娛樂休閒方式。

第一節　唐詩中「清明」節令群的物候現象

　　關於清明的所處的正確時間，《荊楚歲時記》中有明確的提出了其時間點於冬至後一百零七日、春分後十五日〔註3〕，約當三月初，換算成現今的公曆便是四月五日前後。《淮南子・天文訓》：「春分後十五日，北斗星炳指向乙位，則清明風至。」〔註4〕清明風古稱八風之一〔註5〕，溫暖清爽。在和煦的春風之下，天地明淨，空氣清

於塋南門外奠祭撤饌訖，泣辭，食餘于他所，不得作樂，仍編入禮典，永爲常式。」，〔宋〕王溥《唐會要》，卷23〈寒食拜埽〉，台北：商務印書館，1968年，頁439。

〔註3〕　〔梁〕宗懍《荊楚歲時記》，台北：藝文印書館，1965年。又《孝經援神契》中載：「周天七衡六間，曰：『大寒後十五日，斗指東北維，爲立春，後十五日，斗指寅，爲雨水。後十五日，斗指甲，爲驚蟄。後十五日，斗指卯，爲春分。後十五日，斗指乙，爲清明。後十五日，斗指辰，爲穀雨。斗指卯，鳥星中，春分序，趣重禾，事墾黍。宋均曰：鳥星，注張也。序，序列用事也。黍生於夏，春豫墾，和其田。三月節，萬物至此，皆潔齊而清明矣。三月中，言雨生百穀，清淨明潔也。」〔日〕安居香山、中村璋八《緯書集成》，河北：河北人民出版社，1994年，頁953。

〔註4〕　〔漢〕劉安《淮南子》，台北：古今文化，1963年。

〔註5〕　〔漢〕鄭玄注《易緯通卦驗》，北京：中華書局，1991年。文中記載：「八節之風謂之八風。立春條風至，春分明庶風至，立夏清明風至，夏至景風至，立秋涼風至，秋分閶闔風至，立冬不周風至，冬至廣莫風至。」

新，自然萬物顯出勃勃生氣，「清明」節氣由此得名。唐代詩人筆下「清明」節令群的物候現象，可以從以下幾個角度來加以說明。

一、天氣變化重要的觀測指標——清明自然景色的描寫

　　中國是一個以農業立國的古老國家，自古便對於節氣與節令十分的重視，其依循著大自然生生不息的循環，將二十四節氣作為農事上運作的重要標竿。而於春季的清明，更是一重要的農作指標。對於季節的掌握與認識或是對於神祇祭拜、消災除厄的文化傳統，先民們皆有一套自己的作法。本節將以農耕上所重視的兩個節候點作為探討。

　　春天（spring）有跳躍之意，而清明是一個生氣旺盛且陰氣衰退，農業的時節上為春耕春種的絕佳時機〔註6〕，農諺上有說：「清明前後，種瓜點豆」。然，清明亦是種桑養蠶的最佳時機，詩人筆下的「清明桑葉小，度雨杏花稀」（李嘉祐〈春日淇上作〉，卷206，頁2158）便是描繪著幾經雨水滋潤以後初茂發的桑樹樹葉。《禮記・月令》：「是月也，天子乃薦鞠衣于先帝。命舟牧覆舟，五覆五反。乃告舟備具於天子焉，天子始乘舟。薦鮪于寢廟，乃為麥祈實。」、「是月也，命野虞毋伐桑柘。鳴鳩拂其羽，戴勝降於桑。具曲植籧筐。后妃齊戒，親東鄉躬桑。禁婦女毋觀，省婦使以勸蠶事。蠶事既登，分繭稱絲效功，以共郊廟之服，無有敢惰。」〔註7〕由皇帝於寢廟所舉辦的祭祀大典，為祈求上蒼能庇祐一整年順利且豐收，而皇帝的后妃們親自齋戒事蠶，慎重的態度表示了對於此事的重視。於此便能清楚的瞭解到，清明在農事上的意義十分重要的。

　　又，於清明前的三月三上巳日，亦是一農作上耕作及種桑養蠶

〔註6〕〔漢〕鄭玄注，〔唐〕孔穎達疏，重刊宋本十三經注疏附校勘記《禮記月令》：「是月也，生氣方盛，陽氣發泄，句者畢出，萌者盡達。不可以內。」臺北：藝文印書館，1976年，頁303。

〔註7〕〔漢〕鄭玄注，〔唐〕孔穎達疏，重刊宋本十三經注疏附校勘記《禮記月令》，臺北：藝文印書館，1976年，頁302、304。

的作息憑藉。

> 三月三日可種瓜，是日以及上除可艾烏韭瞿麥柳絮。〔註8〕
>
> 五行書曰：欲知蠶善惡，常以三月三日天陰，如無日不見雨，蠶大善。〔註9〕

由以上可知，在唐代之前，先人便將三月三日的天氣列入農耕養蠶作業上的考量，雖唐代三月三將修禊視爲主要活動，但在農事上相信仍依循著前人所留下的紀錄，發揮於農事上。

在「萬物鮮華」〔註10〕生萌初動，草木華生的景況，上天也帶來了的降雨，滋潤著並促進著大地回春：

> 和風偏應律，細雨不霑衣。（張説〈清明日詔宴寧王山池賦得飛字〉，卷86，頁925）
>
> 清明別後雨晴時，極浦空斁一望眉。（劉長卿〈清明後登城眺望〉，卷147，頁1497）
>
> 日暖山初綠，春寒雨欲晴。（陳潤〈東都所居寒食下作〉，卷272，頁3061）
>
> 九陌芳菲鶯自轉，萬家車馬雨初晴。（顧非熊〈長安清明言懷〉，卷509，頁5790）
>
> 雨洗清明萬象鮮，滿城車馬簇紅筵。（皮日休〈登帝後寒食杏園有宴因寄錄事宋垂文同年〉，卷613，頁7068。）

人們處在自然界中，自然會跟著景色與物候的變化而受影響，《禮記・月令》：「是月也，命司空曰：時雨將降，下水上騰，……。」〔註11〕空氣凝結成雨滴降落地面，而水再蒸騰變成水蒸氣飄回空中，如此循環是自然界固定的模式。詩人們感受徐徐的清風與綿綿

〔註8〕 〔漢〕崔寔《四民月令》〈三月〉，臺北：藝文印書館，1970年，頁13。

〔註9〕 〔魏〕賈思勰《齊民要術》，臺北：台灣商務印書館，1966年，頁234。

〔註10〕 溫庭筠〈寒食前有懷〉：「萬物鮮華雨乍晴，春寒寂歷近清明。」，《全唐詩》卷582，頁6749。

〔註11〕 〔漢〕鄭玄注，〔唐〕孔穎達疏，重刊宋本十三經注疏附校勘記《禮記月令》，臺北：藝文印書館，1976年，頁303。

的細雨及雨晴之後「千山過雨難藏翠，百卉臨風不藉香」（李中〈海上和柴軍使清明書事〉，卷 750，頁 8546）的讚嘆。但也因這春雨而有著「暮雨鶯飛重」（獨孤良弼〈上巳接清明游宴〉，卷 466，頁 5303）鳥類的羽毛因沾上了雨水而沉重不易飛翔的視覺感受。

　　經過大雨洗滌後空氣變得清新，能見度也變高，自然界萬物的形象也變得更加的鮮豔動人，令人感到愉悅暢快：

　　　　蚤是傷春暮雨天，可憐芳草更芊芊。（韋莊〈長安清明〉卷 700，
　　　　頁 8049）

　　　　花逼清明日，花陰杜宇時。（李建勳〈送人〉，卷 739，頁 8422）

隨著雨點點的落下，具體展現了春的風姿〔註12〕，並帶有雨後萬物滋榮的景象。人們以五光十色的美麗勝景對比了此時此刻送別友人離情依依，搭配上開得爛漫的杜鵑花，襯托出許多的不捨與失落。而對於思鄉的詩人，滋養大地的春雨及花繁葉茂，一派穠麗的春天景象，也都成了自憐身處異地的借代。

二、花穠鳥復嬌──春季動植物情狀與詩人的時間感

　　天生萬物以養眾生，各物種在自然界中都扮演著一定的角色。中國古人的時間意識，除了依從曆法而行，再者便是從大自然的鳥獸習性及型態來判定。除了依從湖光山水的景色變化，然亦會從鳥類的羽毛、出現的種類與花叢草叢間翩翩起舞的蝴蝶，來察覺到季節的變化，詩人在詩作中也透露了他們觀察到動植物的轉變：

　　　　繡羽銜花他自得，紅顏騎竹我無緣。（杜甫〈清明二首〉之一，
　　　　《全唐詩》卷 223，頁 2578）

　　　　清明來幾日，戴勝已勸聽。（耿湋〈春日即事〉，《全唐詩》卷 268，
　　　　頁 2984）

〔註12〕如：「野雲將雨渡微明，沙鳥帶聲飛遠天」（李群玉〈湖寺清明夜遣懷〉，卷 569，頁 6602）、「池塘夜歇清明雨，繞院無塵近花塢」（韓偓〈鞦韆〉，卷 683，頁 7864）、「雨絲煙柳欲清明，金屋人閒暖鳳笙」（韋莊〈丙辰年鄜州遇寒食城外醉吟五首〉之五，卷 699，頁 8040）

自古，人們便把鳥種的出現當成是一種觀察節候的依據。《淮南子》〈時則訓〉有：「鳴鳩奮其羽，戴鵀降于桑」〔註13〕。依從著「萍始生」、「鳴鳩奮其羽」到「戴鵀降于桑」，從點點浮萍的生長，到鳥類出現的生態變化，進而浴蠶織布，顯示了先民的智慧。

1、鳥 類

寒食清明詩中經常出現的黃鶯與杜鵑鳥，成為了春季代表的鳥類。黃鶯一稱黃鳥，別名甚多，如：黃鸝、倉庚、商庚、黃鳥、鷖黃、青鳥等均是。在《左傳》中便記載以鳥類活動做為節律的指標，昭公十七年，記載了郯子有關其先人以鳥為紀的歷史：

> 秋，郯子來朝，公與之宴，昭子問焉，曰：「少皞氏鳥官名，何故也？」。郯子曰：「吾祖也，我知之。昔者黃帝氏以雲紀，故為雲師而雲名；炎帝氏以火紀，故為火師而火名；共工氏以水紀，故為水師而水名；大皞氏以龍紀，故為龍師而龍名。我高祖少皞摯之立也。鳳鳥適至，故紀於鳥，為鳥師而鳥名。鳳鳥氏，歷正也。玄鳥氏，司分者也。伯趙氏，司至者也。青鳥氏，司啓者也……。」〔註14〕

此為古代常見的一種計時形式，以各時所出現的鳥類物種，作為官職名，於各個季節各司其職務。《後漢書・烏桓鮮卑列傳》亦有記載「見鳥獸孕乳，以別四節」〔註15〕。而由此可證明，古代人民由自然物向的變化與物種的出現來判定季節，並循著此概念耕作運息循環不斷，又：

> 雨中禁火空齋冷，<u>江上流鶯獨坐聽</u>。（韋應物〈寒食寄京師諸

〔註13〕〔漢〕劉安《淮南子》，臺北：台灣中華書局出版，1965 年。〔漢〕鄭玄注，〔唐〕孔穎達疏，重刊宋本十三經注疏附校勘記臺北：《禮記月令》：「鳴鳩拂其羽，戴勝降於桑」，藝文印書館，1976 年，頁 304。

〔註14〕〔晉〕杜預注、相臺岳氏本《春秋經傳集解》，臺北：七略出版社，2005 年，頁 332～333。

〔註15〕〔南宋〕范曄、〔唐〕李賢注《後漢書・烏桓傳》，台北：臺灣商務印書館，2010 年，頁 2980。

弟〉，卷 188，頁 1929）

莫聽黃鳥愁蹄處，自有花開久客中。（朱灣〈平陵寓居再逢寒
食〉，卷 306，頁 3477）

舞愛雙飛碟，歌聞數里鶯。（張籍〈寒食書事〉二首之一，卷 384，
頁 4337）

聞鶯樹下沉吟立，信馬江頭取次行。（白居易〈寒食江畔〉，卷
439，頁 4909）

殘芳荏苒雙飛蝶，曉睡朦朧百囀鶯。（溫庭筠〈寒食前有懷〉，
卷 582，頁 6804）

不論是獨坐空齋所聽到的鶯啼，又或者是原野上聽到的啼唱。都
感受到黃鶯悠囀的叫聲，而提醒著節序的到來。

杜鵑鳥，別名杜宇、子規、秭歸、怨鳥、鶗鴃、布穀鳥等：

江南寒食早，二月杜鵑啼。（陳潤〈東都所居寒食下作〉，卷 272，
頁 3055）

信知天地心不易，還有子規依舊啼。（施肩吾〈越中遇寒食〉，
卷 494，頁 5642）

鶗鴃聲中寒食雨，芙蓉花外夕陽樓。（趙嘏〈寒食遺懷〉，卷 549，
頁 6401）

蜀魄啼來春寂寞，楚魂吟後月朦朧。（來鵠〈寒食山館書情〉，
卷 624，頁 7408）

南方於二月之時，已是春暖花開的景況，故身處江南的詩人，也因
氣候的不同，而提早聽到了杜鵑鳥的啼叫聲。《臨海異物志》曰：「鶗
鴃，一名杜鵑，至三月鳴，晝夜不止，夏末乃止。」〔註16〕，故詩
人於江南二月聽聞杜鵑鳥啼叫聲，應是地域的物候差異。相傳古代
蜀帝杜宇，號望帝，死後魂化為杜鵑，啼聲悲切哀怨，不到吐血啼
聲不止，故杜鵑又名「杜宇」。而望帝有家歸不得，又遭誣陷滿腹委
屈，鬱結而死，故死後遂化成杜鵑鳥，日夜悲啼，聲聲皆似「不如

〔註16〕〔吳〕沈瑩撰《臨海異物志》，北京：中華書局，1991 年，頁 84。

歸去」，這就是杜鵑鳥又叫做「怨鳥」的緣故。由於其叫聲，故常讓遠方遊子聞聲而思鄉斷腸。

2、植　物

而暮春的代表植物方面，榆樹與柳樹爲應時佳木，「漠漠輕黃惹嫩條，灞岸已攀行客手」（李商隱〈柳〉，卷 541，頁 6225）得春氣之先，易栽易活的生存特性，顯示出其生命力的強盛，也剛好對應出了春季之於動植物「句者畢出，萌者盡達」〔註17〕的特性，因此在唐人的詩作當中常常能夠看到折柳送迎親友的情況。「折柳贈別，取其諧音『留』，贈柳有留客之意。又柳易插下即生的特性，也使贈柳有著隨遇而安的祝福寓意。此外，長長的柳絲，在微風中搖曳，猶如向遠行親友招手致意，遇有依依惜別難盡之情。」〔註18〕而古人觀念，柳樹非普通林木，具有驅邪避鬼、護佑生靈的功用。〔註19〕另外，春夏之交因氣候轉換的關係，人們易受疫病侵襲，爲了能順利度過這一危險時期，便利用節俗預先進行禳解，此應是戴柳、插柳原始民俗意義之所在。〔註20〕雖從唐代詩人作品之中並無發現與戴柳插柳等作品，但據《景龍文館記》云：「唐制上巳祓禊，賜侍臣細柳圈，云：帶之免蠆毒瘟疫」〔註21〕可知，唐代君王於上巳將柳圈賜給臣民以祈求平

〔註17〕〔漢〕鄭玄注，〔唐〕孔穎達疏，重刊宋本十三經注疏附校勘記《禮記月令》「是月也，生氣方盛，陽氣發泄，句者畢出，萌者盡達。不可以內。」，臺北：藝文印書館，1976 年，頁 303。

〔註18〕李斌成等編《隋唐五代社會生活史》，北京：中國社會科學出版社，1998 年，頁 381。

〔註19〕街順寶《綠色象徵——文化的植物志》：「柳，早在魏晉南北朝時期，賈思勰在所著《齊民要術》中提到一種民間習俗，就是把柳枝折來，在大年初一插在門上，認爲這樣做可以鎮懾鬼魂，使其不敢進門入室。現在民間常折柳枝插在門上，認爲可以鎮鬼。也有人拿柳枝鞭打房屋四壁，認爲可以逐鬼驅邪。」昆明：雲南教育出版社，2000 年，頁 112。

〔註20〕趙睿才《時代精神與風俗畫卷：唐詩與民俗》，石家庄：河北人民出版社，2002 年，頁 298。

〔註21〕〔唐〕武甄平撰《景龍文館記》，收錄〔宋〕曹慥《類說》卷六，台

安除厄一事。又於此，另提榆樹〔註22〕，其與古人的生活有著緊密的
關連，舉凡食用、房舍建造、製作農具家具等，皆是以此爲原料，經
濟價值高，因此古人常將此做爲農作物栽種〔註23〕。而在清明起新火
時，亦是用榆柳之木作爲改火的木材。如：

　　火隨黃道見，煙繞白榆新。(韓溥〈清明日賜百僚新火〉，卷281，
　　頁3189)

　　榆柳開新焰，梨花發故枝。(徐鉉〈翰林游舍人清明日入院中途
　　見過余明日亦入西省上直因寄游君〉，卷752，頁8651)

皆能看出唐人對於清明賜火一事是以榆木鑽燧而作，採用的材料也
是代表春天生生不息的榆柳之木。

　　另一於清明綻放燦爛爲桐花。《禮記·月令》云：「季春之月，
……桐始華，……。」〔註24〕可知，古人認爲季春之時爲桐花綻放
的節候，而清明正處暮春，地氣已暖，適合桐樹開花：

　　榆柳芳辰火，梧桐今日花。(楊巨源〈清明日后土祠送田徹〉，卷
　　333，頁3723。)

　　春令有常候，清明桐始發。(白居易〈桐花〉，卷434，頁4810)

<hr>

〔註22〕　北：藝文印書館，頁23。
　　　　　爲落葉喬木，高可達二十多公尺以上。〔明〕朱橚作，倪根金校注《救
　　　　　荒本草校注》卷3〈榆錢樹〉：「其木高大。春時未生葉，其枝條間先
　　　　　生榆莢，形狀似錢而薄小，色白，俗呼榆錢。後方生葉，似山茱萸
　　　　　葉而長。……榆皮味甘，其性平，無毒。采肥嫩榆葉炸熟，水浸淘
　　　　　淨，油鹽調食。其榆錢煮糜羹食佳，令人多睡。……」臺北：宇河
　　　　　文化出版社，2010年，頁293。
〔註23〕　〔北魏〕賈思勰《齊民要術》卷五〈種榆、白楊〉：「榆性扇地，其
　　　　　陰下五穀不植種者，宜於園地北畔，秋耕令熟，至春榆莢落時，收
　　　　　取，漫散，犁細時，勞之。明年正月初，附地芟殺，以草覆上，放火
　　　　　燒之一歲之中，長八九尺矣。後年正月、二月，移栽之。初生三年，
　　　　　不用採葉，尤忌捋心：不用剶沐。……三年春，可將莢、葉賣之。
　　　　　五年之後，便堪作椽。不梜者，即可斫賣。梜者鏇作獨樂及盞。十
　　　　　年之後，魁、椀、瓶、榼，器皿，無所不任。十五年後，中爲車轂
　　　　　及蒲桃瓫。」臺北：台灣商務印書館，1966年，頁242～243。
〔註24〕　〔漢〕鄭玄注，〔唐〕孔穎達疏，重刊宋本十三經注疏附校勘記《禮
　　　　　記月令》，臺北：藝文印書館，1976年，頁303。

再如元稹〈桐花〉：

> 唯占清明後，牡丹還復侵。（卷 396，頁 4464。）

關於桐樹，其為大戟科長綠喬木，樹高可達十公尺以上，樹皮平滑，原產於長江流域，花期為春季 3～5 月〔註25〕。而桐樹花瓣色白，花身輕盈曼妙，故風吹撫過時，隨風飄舞。由上列詩作可看出，唐人對於桐花的認知，皆是以清明作串連，將其認為是清明節候綻發的植物。而另一於清明詩中經常被提到的植物為桃：

> 遙思故園陌，桃李正醂醂。（崔融〈和宋之問寒食題黃梅臨江驛〉，
> 卷 68，頁 764）
>
> 上楊柳色喚春歸，臨謂桃花拂水飛。（張說〈奉和聖製初入秦
> 川路寒食應制，卷 86，頁 934。〉
>
> 紅染桃花雪壓梨，玲瓏雞子鬥贏時。今年不是明寒食，暗
> 地鞦韆別有期。（元稹〈寒食夜〉，卷 423，頁 4661）

桃花盛開，而讓詩人感受到時序變化的更迭，不論是相別或是思念故園，皆因目睹了桃花怒放後而有所感知。桃花，薔薇科植物，葉呈卵披尖形，是春日的芳妍，早春時含苞待放，三月至四月為花期，花葉同展，姿色嬌媚，因此如霞似錦，十分的爛漫壯觀，故於清明詩中，詩人經常以桃花入詩，桃花也成為了感知春天的代表植物之一。

　　不論是詩人們依從著自己的感覺來感受春天的到來，或者是遵循著先人的智慧來進行農耕。物類的變化從走過嚴寒的冬天便到了萬物復甦的春天，也使大地增添了許多色彩。清明時節，自然界一片生機盎然。然，雖偶有無法預測的災害生，但人們仍會藉由此刻天暖氣清的機會出門感受春天柔順且一派祥和的氣息。對於詩人而言，這樣的日子裡外出走走，感受大地的美好春光，暫時拋開城市的一切的煩憂，盡情的出遊玩樂及享受，而得到一種身心靈的解放。

〔註25〕應紹舜《台灣高等植物彩色圖誌》，第四卷〈桐樹〉，台北：淑馨出版社，1993 年，頁 584。

第二節　上巳、寒食、清明的節令活動

關於在暮春三月的節令活動，一般皆是想到清明祭掃，然清明除了有前一節所論證出的，在農事上的重要外，尚有許多除了祭掃外的活動會於此時進行。其中包含了郊遊踏青、秋千拔河、蹴鞠鬥雞以及放紙鳶等等。而於此必須提出的是，關於清明的祭掃活動，即是因寒食節的原故，由於其與清明時間相近，所以漸漸的合併，故延續至今日清明亦承受了祭墓的重要功能。除了寒食清明以外，在這之前有一上巳日亦是唐人頗為重視且具象徵性的節日。上巳〔註26〕，是指農曆三月上旬的一個巳日。舊俗以此日臨水祓除不祥，名為修禊。自曹魏之後，把上巳固定為三月三日。如晉代王羲之的《蘭亭集》序是為當時文人禊遊所作的詩歌，序中記述了當時「修禊事」的景況。到了唐代，也承接了王羲之所描述的文人禊遊的活動。綜合上巳、寒食、清明這三個節日形成的節令群概念，可發現春日活動的豐富性。於本節，筆者將以唐詩為主要文本，爬梳出唐人過節的景況。

一、臨水修禊與祓除不祥——上巳活動的演進

「上巳」從最原先的祓除不祥開始，經過魏晉南北朝的轉化，到唐代延續了臨水修禊以祓除不祥及臨水遊樂的情況。本節將爬梳上巳的脈絡流變，並檢視唐人詩歌中，文人所舉行的上巳活動作一論解，以推敲出唐人上巳節的過節情況。

（一）上巳的由來與轉化

古人關於疾病與災難有著一個迷信：即他們認為一切疾病、災難

〔註26〕〔宋〕歐陽修撰《新唐書》列傳第 64〈李泌傳〉載：「唐德宗『欲以二月名節，自我為古』，詢諸李泌，泌請『廢正月晦，以二月朔為中和節，因賜大臣戚里尺，謂之裁度。民間已傾囊盛百穀瓜果種相問遺，號為『獻生子』。里閭釀宜春酒，以祭勾芒神，祈豐年。百官進農書，以示務本。』遂著於令，以中和節與上巳，九日為『三令節』。」因此，三令節於唐代十分受重視。」，台北：台灣商務印書館，卷139，頁 4637。

可以用水洗掉、用火燒掉；因爲水火爲至潔之物，所以人們相信它可以被除不祥。而上巳，正是一個依水而作藉以被除一切不祥的節令活動。但是，關於被禊爲何會選在「巳」日，目前學界有幾種說法，其一，認爲暮春之初，時序推移，會有一股不祥之氣，因「巳」而起，對人類造成傷害，因而想藉助代表滌除污穢意義的東流之水，好好的盥滌一番，藉此被除邪惡、化凶爲吉，因此古人有「破巳」與「除巳」等作法，用以消災解厄。〔註27〕其二，應劭《風俗通志》提到：「巳者，祉也，邪疾已去，其介祉也」〔註28〕，以爲「巳」字意同「祉」字，有祈福之意，其亦是被除儀式的主要訴求。〔註29〕其三，勞榦〈上巳考〉認爲：

> 這或者受了戰國時「建除家」擇日方式的影響，因爲上巳是清潔、清除一類的節令，若用「建除家」的方式計算，三月（辰月）上巳日是「除」日，正合清潔的意義。〔註30〕

所謂的建除家，是以建除十二辰定日吉凶。然依據《淮南子・天文訓》〔註31〕中可得知，「巳」日舉辦被禊與辰巳爲凶的觀念息息相關，於此可與勞榦之推論相互印證。而上巳另有一活動爲被禊求子，孫作雲認爲，關於上巳被禊的初義是爲了祭祀高禖以求子。高禖是管理人間生育的女神。「禖」字即是「母」字（古從「母」字多從「某」），而

〔註27〕林恭祖〈曲水流觴話上巳〉，《故宮文物月刊》，第四卷第一期，1986年 4 月，頁 18。

〔註28〕〔漢〕應劭撰，王利器注《風俗通義教注》，台北：明文書局，1982年，頁 384。

〔註29〕李雲霞〈「曲水流觴」雅集的盛衰——談上巳節的起源與流變〉，《中國語文》，第九十二卷第一期，2003 年 1 月，頁 60。

〔註30〕勞榦〈上巳考〉，《中央研究院民族學研究所集刊》，第二十九卷，1970年 3 月，頁 248。

〔註31〕《淮南子・天文訓》：「寅爲建，卯爲除，辰爲滿，巳爲平，主生；午爲定，未爲執，主陷；申爲破，主衡；酉爲危，主杓；戌爲成，主少德；亥爲收，主大德；子爲開，主太歲；丑爲閉，主太陰。……太陰在辰，歲名曰執除，……太陰在巳，歲名曰大荒落。」參見〔漢〕劉安《淮南子》卷三，《四部備要》本，台北：中華書局，1965 年，頁 13。

高禖神就是管理結婚與生子的女神，亦即是「大母之神」。古人相信不生子也是一種病氣，爲了解除這種病氣或促進生育，他們便會在祭祀時，順便在河邊漱洗手腳，他們相信這樣做，便可以得子。〔註32〕

有關於修禊一事的記載，最早出現於《周禮・春官女巫》：

> 《風俗通》曰：「周禮：女巫掌歲時以祓除疾病。」祓者，
> 潔也。故于水上盥潔之也。〔註33〕

歲時祓除於周代本爲女巫於水上祓除疾病，執蘭招魂的一種儀式。

又《藝文類聚》引《韓詩》曰：「三月桃花水之時，鄭國之俗，三月上巳，於溱、洧兩水之上，執蘭招魂續魄，拂除不祥。」〔註34〕

又：

> 關於蘭草，因有香氣襲人的特點，作用與香草薰身、草藥
> 沐浴相同，用於祓除不祥、邪惡，故古人在舉行重大祭神
> 儀式前，需先進行齋戒，並以蘭湯沐浴，於是蘭湯、蘭草
> 便有與神靈有了聯繫，含有治病除邪、辟除不祥的觀念。
>
> 〔註35〕

東漢應劭《風俗通義》所載：「鄭國之俗，三月上巳，於溱、洧兩水之上，執蘭招魂，祓除不祥。」〔註36〕劉向《列女傳》卷一〈母儀傳〉：

〔註32〕詳文請見，孫作雲《詩經與周代社會研究》，北京：中華書局出版，1966 年，頁 300。

〔註33〕〔唐〕韓鄂：《歲華紀麗》卷一〈上巳〉項〈祓禊臨水〉，頁 32，《叢書集成初編》，上海：商務印書館，1937 年 12 月。

〔註34〕〔唐〕歐陽詢撰：《藝文類聚》引〔西漢〕韓嬰：《韓詩章句》，台北：新興書局，1969 年 11 月，卷四，〈歲時部中，三月三日〉頁 121。又《詩經・鄭風・溱洧》：「溱與洧，方渙渙兮。士與女，方秉蘭兮。女曰觀乎？士曰既且。且往觀乎！洧之外，洵訏且樂。維士與女，伊其相謔，贈之以勺藥。溱與洧，瀏其清矣。士與女，殷其盈矣。女曰觀乎？士曰既且。且往觀乎！洧之外，洵訏且樂。維士與女，伊其相謔，贈之以勺藥。」此即是寫上巳，男女會於溱洧水邊之事。〔漢〕鄭玄箋《毛詩正義》，《十三經注疏》2，台北：藝文印書館，1985 年，卷 4，頁 182～183。

〔註35〕胡新生《中國古代巫術》，濟南：山東人民出版社，1998 年，頁 135。

〔註36〕〔唐〕歐陽詢撰：《藝文類聚》卷四，〈歲時部中，三月三日〉，

> 契母簡狄者，有娀氏之長女也。當堯之時，與其妹娣浴于
> 玄丘之水，有玄鳥銜卵，過而墮之，五色甚好；簡狄與其
> 妹娣競往取之，簡狄得而吞之，遂生契焉。〔註37〕

正因此故，不孕婦人們在三月上巳這天，大多到水邊祓除不祥，乞求
子嗣。另外，尚有「流卵」、「流棗」等習俗，亦都與婚姻生育有關。
而在後代寒食、清明時，都有畫卵、鏤雞子相贈等習俗，《玉燭寶典》
云：「古之豪家時稱畫卵，今代猶染藍茜雜色，仍加雕鏤、遞相餉遺，
或置盤俎。」〔註38〕便是此影響。唐代詩人也將鏤雞子一事載入了詩
作之中，如：「刻花爭臉態，寫月競眉新」（駱賓王〈鏤雞子〉卷86，
頁 938）「紅染桃花雪壓梨，玲瓏雞子鬥贏時」（元稹〈寒食夜〉，卷
423，頁 4650）「玲瓏鏤雞子，宛轉彩毬花」（白居易〈和春深二十首〉
之十六，卷 449，頁 5066），然唐代卻也有明文規定禁止雞子相遺的
法令：

> 敕，天地之德，莫大於生成。陽和之時，先禁於卵殰，比
> 來流俗間。每至寒食日，皆以雞鵝鴨子更相餉遺。既行時
> 令，固不合然。自今以後，永宜禁止。朕每思儉樸，深惡
> 浮華。諸色雕鏤等已令變革，其公私宴會。比者多假果及
> 樓園之類。虛爲損耗，競務矜誇，亦宜禁絕。有違者準今
> 月八日敕。〔註39〕

爲了達到簡樸無華的理念，而頒布了禁止人民以雞鵝鴨卵相贈。由此
可知，唐時人民將魏晉時期原爲招魂續魄，祓除不祥的上巳活動，做
了不同的活動延伸。然除了鏤雞子外，唐代對於上巳節仍保留了有許
多順延著歷代流傳下來的節俗活動。而《歲華紀麗》卷一，〈上巳〉
項〈修禊之事〉條云：「王羲之〈序〉曰：『永和九年，歲在癸丑，暮

　　　台北：新興書局，1969 年，頁 62。
〔註37〕〔漢〕劉向《列女傳》卷一〈母儀傳〉，瀋陽：遼寧教育出版社，2000
　　　年，頁 4。
〔註38〕〔隋〕杜臺卿《玉燭寶典》，上海：上海古籍出版社，1995 年。
〔註39〕〔清〕董誥等編《全唐文》〈禁斷寒食雞子相餉遺敕〉卷三百十，上
　　　海：古籍出版社，1990 年，頁 3154。

春之初，會於稽山陰之蘭亭，修禊事也。』〔註40〕又《歲時廣記》卷
十八〈上巳上・禊曲江〉云：「唐《輦下歲時記》：『三月上巳，有席
宴群臣，即在曲江，傾都人物，于江頭禊飲、踏青。』」〔註41〕常建
華《歲時裡的中國》：

> 唐代的三月三成為一個主要以春遊為中心內容的節日。上
> 巳是唐代三大節日之一，在節前五天，按照官吏職位高低，
> 分別賞給一百至五百貫的宴會費用。上巳日皇帝照例賜宴
> 曲江亭，百姓也到曲江行樂。……唐以後流觴聚會之俗漸
> 衰。南宋范成大〈觀禊帖有感三絕〉說：「三日天氣新，禊
> 飲傳自古。今人不好事，佳節棄如土。」哀歎禊飲之不振。
> 〔註42〕

於此可見，上巳日在唐代是與中和、重陽並列三大重要節日，由此可
知，唐代對於上巳活動的熱中可見一般。因此，上至君王，下至平民
百姓，皆會共襄盛舉。而文士們對於王羲之修禊雅事的倣效與嚮往，
更是趨之若鶩。

（二）唐前與唐代的上巳活動

王羲之〈蘭亭集〉序記載了魏晉文士對於上巳修禊的另一種活動
方式。據此發現不同的活動，漸漸的轉化了上巳原有的活動。永和九
年（353年），魏晉文士在蘭亭水邊修禊袚除的景況：

> ……，歲在癸丑，暮春之初，會於稽山陰之蘭亭，修禊事
> 也。群賢畢至，少長咸集。此地有崇山峻嶺，茂林修竹，
> 又有清流激湍，映帶左右。引以為流觴曲水，列坐其次，
> 雖無絲竹管弦之盛，一觴一詠，亦足以暢敘幽情。〔註43〕

魏晉南北朝以後，上巳的活動重心產生了變化。人們雖依然會到水

〔註40〕〔唐〕韓鄂《歲華紀麗》卷一，《叢書集成初編》第 34 冊，上海：
　　　　上海商務印書館，1937 年，頁 32。
〔註41〕〔宋〕陳元靚《歲時廣記》，台北：新文豐出版，1984 年，頁 197。
〔註42〕常建華《歲時節日裡的中國》，北京：中華書局出版，2006 年，頁
　　　　100。
〔註43〕〔晉〕王羲之撰《蘭亭序》東京：二玄社，1985 年，頁 2。

邊，但其活動也從被禊漸漸的轉變成遊樂宴飲，藉由曲水流殤及吟詠詩文，達到暢敘幽情的效果，《荊楚歲時記》載：

> 三月三日，士民並出江渚池沼間，臨清流，爲流杯曲水之飲。是日，取鼠曲菜汁作羹，以密漢粉，謂之龍舌粄，以厭時氣。〔註44〕

無論是社會上哪一個階層的人民，都樂於參與上巳的活動。「所謂民俗節日，就其功能而言，便是在這個指定的日子裡打破日常生活的陳規，將平素一直受到控制乃至壓抑的情感採用某種方式予以宣洩。」〔註45〕而「曲水流觴」是上巳的重要活動，流觴所用的酒杯爲耳杯或羽觴，陶製杯身淺，兩側有對耳朵或翅膀，如此置於荷葉上才能飄浮；木製者杯體較小，底部有托，可直接浮於水面〔註46〕。「曲江」位於唐朝都城長安的東南隅，古稱曲水，取流水屈曲之意〔註47〕，在今西安東南的大雁塔附近，這個地方在秦代曾建宜春苑，漢代建樂遊原，唐開元年間再度加以修復，此處「綠絲垂柳遮風暗，紅藥低叢拂砌繁。歸繞曲江煙景晚，未央明月鎖千門。」〔註48〕另顧炎武《歷代帝王宅京記》卷六曰：「江側孤蒲蒼翠，柳蔭四合，碧波紅蕖，依映可愛。

〔註44〕〔梁〕宗懍《荊楚歲時記》，《百部叢書集成》，台北：藝文印書館，1965 年，頁 15～16。又〔宋〕李昉《太平廣記》云：「晉武帝問尚書郎虞摯曰：『三日曲水，其義何指？』……尚書郎束皙曰：『……昔周公卜城洛邑，因流水以泛酒。故逸詩云：羽觴隨波。又，秦昭王三月上巳置酒河曲，有金人自東而出，奉水心劍曰：今君制有西夏。及秦霸諸侯，乃因其處立曲水祠。二漢相沿，皆盛集。』」台北：中華書局出版，卷 197，頁 1477。

〔註45〕程薔、董乃斌《唐帝國的精神文明》，北京：中國社會科學院出版，1996 年，頁 72。

〔註46〕三國魏孟康曰：「羽觴，爵也，作生爵形，有頭尾羽翼。」詳文請見，〔漢〕班固《漢書》卷 97，台北：紅氏出版社，1975 年，頁 3988。又，由齊東方《唐代金銀器研究》一書中，可見羽觴器身成橢圓形，有長方形的片狀對稱雙耳焊接於口顏之下，口沿稍外翻，弧腹則爲平底狀。北京：中國社會科學出版社，1999 年，頁 3。

〔註47〕〔宋〕張禮著，史念海、曹爾琴校《遊城南記校註》云：「江以水流屈曲，故謂之曲江。」三秦出版社，2003 年，頁 42。

〔註48〕李紳〈義春日曲江宴後許至芙蓉原〉，《全唐詩》卷 480，頁 5461。

當時有謂都城勝賞之地，唯有曲江，承平以來，亭館接連。又曲江池，花卉環週，煙水明媚，都人遊玩盛於中和、上巳之節，綵幄翠幬匝於堤岸，每歲傾動皇州以爲盛。」〔註49〕可見曲江池畔的風景秀麗，煙水明媚，使人趨之若鶩。

關於宴飲的情況，到了唐時風氣可謂更劇，上巳直接成爲君王大宴群臣〔註50〕，文士聚會水邊宴飲修禊，百姓出門踏青遊玩的娛樂休閒活動。〔註51〕而古人認爲春季是疾病好發的時節，所以人們會利用春天舉行各種驅邪的祭祀來禳災：

> 至唐代，祓禊活動已逐漸轉變爲踏青，但同樣是由室內到
> 室外的空間變化，這與中國人固守的「人與天地萬物爲一
> 體」的觀念十分吻合，也因爲接近於天地之神，易於獲得
> 福祐，而符合登臨避禍的原始動機。〔註52〕

雖已不再以祓禊消災爲過節的主旨，但上巳的時間正好處於冬春之交天候宜人，人們仍會藉此「處處蓺蘭春浦綠」（皇甫冉〈三月三日義

〔註49〕〔清〕顧炎武《歷代帝王宅京記》卷六，台灣：廣文書局，1970年。

〔註50〕唐朝時的三月三是一個全國性的重要節日，每逢此節，君王即會在曲江大宴群臣，舉行「曲水流觴」的宴飲活動，不少文人也將此活動盛況描繪於文學作品之中，然官方對於祓禊習俗的描繪，主要是以歌功頌德的詩句呈現上巳祓禊的熱烈盛況。如：張說〈奉三月三日詔宴定昆池官莊賦得筵字〉（《全唐詩》卷87，頁961）、沈佺期〈上巳日祓禊渭濱應制〉（《全唐詩》卷97，頁1054）、王維〈奉和聖制上巳於望春亭觀禊飲應制〉，（《全唐詩》卷127，頁1285）……等。

〔註51〕常建華《歲時節日裡的中國》：「唐代的三月三成爲一個主要以春遊爲中心內容的節日。上巳是唐代三大節日之一，在節前五天，按照官吏職位高低，分別賞給一百至五百貫的宴會費用。上巳日皇帝照例賜宴曲江亭，百姓也到曲江行樂。……唐以後流觴聚會之俗漸衰。南宋范成大〈觀禊帖有感三絕〉說：『三日天氣新，禊飲傳自古。今人不好事，佳節棄如土。』哀嘆禊飲之不振。」上巳日在唐代是和中和、重陽並列三令節的重要節令，因此上至皇帝，下至平民百姓，人人在上巳日都會到曲江歡慶佳節。」北京：中華書局，2006年，頁100。

〔註52〕劉偉生〈上巳踏青與重陽登高的生命意蘊〉，《文史雜誌》第5期，2001年3月，頁23。

與李明府後亭泛舟〉卷 362，頁 4092）之時出遊〔註53〕，趁機沐浴清潔，洗去一年的塵垢宿疾，以祈求平安順利。唐人們亦利用此機會走出戶外，踏青交流：

> 三月三日天氣新，長安水邊多麗人。態濃意遠淑且眞，肌理細膩骨肉勻。繡羅衣裳照暮春，蹙金孔雀銀麒麟。頭上何所有，翠微盍葉垂鬢脣。背後何所見，珠壓腰衱穩稱身。就中雲幕椒房親，賜名大國虢與秦。紫駝之峰出翠釜，水精之盤行素鱗。犀箸厭飫久未下，鑾刀縷切空紛綸。黃門飛鞚不動塵，御廚絡繹送八珍。簫鼓哀吟感鬼神，賓從雜遝實要津。後來鞍馬何逡巡，當軒下馬入錦茵。楊花雪落覆白蘋，青鳥飛去銜紅巾。（杜甫〈麗人行〉，卷 216，頁 2260。）

在上巳活動的催化下，仕女文士們紛紛的來到水邊遊玩，詩人也趁機將此景描入了作品之中。首句便提到仕女「態濃意遠」、「翠微垂鬢」、「珠壓腰衱」的精緻裝扮，儼然是一場京城仕女們的時尚秀，偏離了上巳的節令本質。後半首描寫椒房親戚的禊遊，不同於一般百姓的踏青遠足親愛大自然，皇親國戚的禊飲活動，動用了大批的人力與物資，御廚絡繹不絕的送上山珍海味來滿足這些顯貴的人們，樂師賣力的演奏，試圖要演奏出感動鬼神的樂章。由此可見，唐人修禊之於《詩經·鄭風·溱洧》〔註54〕之中所言，男男女女利用春天花開的季節，出遊踏青的純樸活動，已不可同日而語。而另外一件不同是遠古社會中講究天地自然與人合而爲一，文士禊飲於大自然中遊目騁懷、暢敘

〔註53〕如：萬齊融〈三日綠潭篇〉：「……。拾翠總來芳樹下，踏青爭繞綠潭邊。公子王孫恣遊玩，沙陽水曲情無厭。……。」《全唐詩》卷 117，頁 1182。

〔註54〕《詩經·鄭風·溱洧》：「溱與洧，方渙渙兮。士與女，方秉蕑兮。女曰觀乎？士曰既且。且往觀乎！洧之外，洵訏且樂。維士與女，伊其相謔，贈之以勺藥。溱與洧，瀏其清矣。士與女，殷其盈矣。女曰觀乎？士曰既且。且往觀乎！洧之外，洵訏且樂。維士與女，伊其相謔，贈之以勺藥。」，〔清〕阮元校勘《詩經》，台北：新文豐出版社，1978 年，頁 182～183。

幽情，與自然空間進行一場身心靈對話的休閒活動。再如：

> 寶馬香車清渭濱，紅桃碧柳禊堂春。（沈佺期〈上巳日祓禊渭
> 濱應制〉，卷 97，頁 1054）

> 弱柳障行騎，浮橋擁看人。（崔顥〈上巳〉，卷 130，頁 1327）

> 共來修禊事，內顧一悲翁。（耿湋〈上巳日〉，卷 268，頁 2760）

> 世間禊事風流處，鏡裡雲山若畫屏。今日會稽王內史，好
> 將賓客醉蘭亭。（鮑防〈上巳呈孟中承〉，卷 307，頁 3485）

不同於平日，透過節日的狂歡，給人們提供了一個機會，舒洩平日裡
鬱積於體內和心靈深處的沉悶，不論是與友人「共來修禊事」接觸的
歡樂感或是負面的「悲翁」感受，皆透過暮春中「紅桃碧柳」一派溫
暖的景況下獲得舒放。

　　上巳這個自周代便流傳的古老節令，經由時代的更迭，文化活動
的流傳也作了轉變。不論是遠古中，春官巫女於水邊祓除不祥的祭祀
修禊，又或是魏晉南北朝延續至唐的文人禊飲、仕女出遊等，皆使得
先民們於身體、精神、心靈上，能獲得洗滌的機會，紓解平日的壓力。

二、寒食與清明的節令活動

　　寒食節爲唐代重要節日之一，時間約爲冬至後 105 或 106 日
〔註 55〕。杜甫直接在詩題上作〈一百五日夜對月〉，白居易「四十
九年身老日，一百五夜月明天」（卷 441，頁 4925），趙嘏「一百五
日家未歸，新豐雞犬獨依依」（卷 549，頁 6352），從白居易的「一
百五夜月明天」到趙嘏的未歸家而至「新豐雞犬獨依依」中可見，
詩人的詩作中顯示了節氣上清明的天色清澈與古人於此時歸家團
圓的節令意義。其時間與清明節氣相近（於清明前一至二日）。因
此，於唐代已將寒食與清明合爲一日，人們便享受著節氣與節令帶
來的美好時光與氛圍。

〔註 55〕〔梁〕宗懍，王毓榮校注《荊楚歲時記校注》：「去冬至一百五日，
　　　　即有疾風甚雨，謂之寒食。」，台北：文津出版社，1992 年，頁 109。

（一）禁火與改火

寒食禁火說法有二：一為紀念介子推之緣故，二為改火因素。而寒食禁火源於介子推的說法，出於《楚辭·九章·惜往日》：

> 介子忠而立枯兮，文君寤而追求。封介山而為之禁兮，報大德之優游。思久故之親身兮，因縞素而哭之。」王逸注云：「介子，介子推也。文君，晉文公也。寤，覺也。昔文公被驪姬之譖，出奔齊、楚，介子推從行，道乏糧，割骨肉以食文公。文公得國，賞諸從行，失忘子推。子推遂逃介山隱。文公覺寤，追而求之，子推遂不肯出。文公因燒其山，子推抱樹燒而死，故言立枯也。〈七諫〉中推自割而食君，亦解此也。文公遂以介山之民封子推，使祭祀之。又禁民不得有言燒死，以報其德，優游其靈魂也。文公思子推親自割其身，恩義尤篤，因為變服，悲而哭之也。」〔註56〕

《左傳》中亦記載了晉文公忘了封賞介子推時，介子推與其母偕隱的氣節。〔註57〕然寒食斷火是否真起源於介子推則具爭議。常建華認為：在《左傳·僖公二十四年》、《呂氏春秋·介立篇》、《史記·晉世家》皆有記載介子推之事，但未言及介子推被焚死。而被焚死的記載，要到《莊子·盜跖篇》、《韓詩外傳》卷七、劉向《新序·節士篇》等才會出現。除了《莊子》外，其它皆為漢書。於此故，常建華認為，介子推焚死之說成立於秦漢之際的《莊子》，而被焚死後文公為了紀念他斷火之說成立於漢代。〔註58〕但，介子推之焚死

〔註56〕〔宋〕洪興祖補注《楚辭補注》卷 4〈九章·惜往日〉，台北：鼎淵文化事業有限公司，2005 年，頁 151～152。

〔註57〕請見《左傳》卷 15〈僖公二十四年〉，《十三經注疏本》6，台北：藝文印書館，1985 年，頁 255。

〔註58〕詳文請見，常建華《歲時節日裡的中國》：「三國時曹操〈明罰令〉、晉朝人陸翽《鄴中記》也都說寒食斷火，起於介子推。隋朝杜公瞻《荊楚歲時記》注懷疑這一說法，他說『據《左傳》及《史記》，並無介子推被焚之事。』今人研究，介子推的事情最初見於《左傳·僖公二十四年》、《呂氏春秋·介立篇》、《史記·晉世家》等，無焚

之說，早在戰國時的《楚辭・九章・惜往日》已出現。因此，介子推被焚死一事，應溯源至戰國時代。

　　而寒食禁火的另一個說法，則是源於周代的改火制度：

> 司爟掌行火之政令，四時變國火以救時疾。季春出火，民咸從之；季秋內火，民亦如之。時則施火令，凡祭祀則祭爟，凡國失火、野焚萊則有刑罰焉。〔註59〕

周代隨著四季改火的制度，以禳除時氣之疾。而人們也相信天地萬物皆有神靈的存在，火也不例外：

> 改火之俗原與古人用火關係有關。雖然舊石器時代人們即發明人工取火的方法，在實際生活中並不是動輒就生新火，而是採取保存火種使其晝夜不滅的方法，來保證人們取暖、炊爨、照明等日常需要……。在遠古人類心目中，萬物有靈，火自不能例外。火焰的不斷跳動，小火迅速的變成大火，再加上火種的長年不滅，使火更像一種有生命之物。故世界上拜火習俗普遍盛行，凡是人類遭受與火有關的災難，都認為是火的精靈作祟。而由於火種長年不滅，又使人們認為作祟者多是這些舊火……人們為了免除舊火的危害，除了平常對火要小心地供奉獻祭及恪守一系列禁忌外，還要舉行禳解儀式，定期改火即其中的一種。〔註60〕

死之說。焚死的記載見於《莊子・盜跖篇》、《韓詩外傳》卷七、劉向《新序・節士篇》等。除了《莊子》外，都是漢代的書，而《莊子・盜跖篇》成於秦漢之際，似乎焚死說在這時成立。而由於介子推焚死文公斷火的說法，在東漢末蔡邕〈琴操・龍蛇歌〉才出現。」北京：中華書局，2006年，頁106。

〔註59〕重刊宋本十三經注疏《周禮》夏官司馬第四，卷三十〈夏官・司爟〉，頁458。又〔梁〕宗懍著，王毓榮校《荊楚歲時記校注》：「杜公瞻注釋亦云：『《周禮・司烜氏》：『仲春以木鐸修火禁於國中。』注云：『為季春將出火也。』今寒食準節氣，是仲春之末，清明則是三月之初，然則禁火蓋周之舊制也。」，台北：文津出版社，1992年，頁110。

〔註60〕詳文請見，汪寧生《古俗新研》〈改火與易火〉，蘭州：敦煌文藝出版社，2001年，頁149～150。

這是一種對於神靈的崇敬而產生出來的，爲的是避免火的精靈作亂，故年年皆有除舊火，換新火的儀式。

> 舊火收槐燧，餘寒入桂宮。（韋承慶〈寒食應制〉，卷 46，頁 557）
>
> 槐煙乘曉散，榆火應春開。（李嶠〈寒食清明日早赴王門率成〉，
>
> 卷 58，頁 694）

寒食禁火是將屬於冬季的槐檀之火收滅，等到清明之時進行賜予新火的動作。然，這除了是對於火神的尊重，更重要的是對於大自然節序更迭，人們互利共生的的表現。自然之中，一年四季皆有適合生長的動植物，古人便是由此知曉此點知時順天，故而訂定此儀俗。〔註 61〕《周禮》〈夏官司馬〉第四：

> 司爟掌行火之政令，四時變國火，以救時疾。行猶用也，
> 變猶易也，鄭司農說以鄹子曰：春取榆柳之火，夏取棗杏
> 之火，季夏取桑柘之火，秋取柞楢之火，冬取槐檀之火。
>
> 〔註 62〕

四季皆有其適合生長的動植物，而中國人順應自然的習慣也反應在日常生活上。所謂禳去時氣之疾也。時氣所以會有疾，在於人們不順應自然變化所致。因此，『四時變國火』爲的就是要除去時氣之疾，唯有順應自然的運轉，作適時的變化才可以得以長久的依附自然並共生共存。

然而，寒食禁火一事，不是發於唐代之時，遠推至漢代便有寒食

〔註 61〕李根蟠《中國古代農業》「農業生物各有不同特點，需要採取不同栽培管理措施——人們把這概括爲「物宜」。「物宜」這一概念，戰國時《韓非子》中已經出現。明清時，人們把「物宜」和「時宜」、「地宜」合稱「三宜」。」又「在農業生態系統中，各種生物不是彼此孤立，而是相互依存和相互制約的，人們對這種關係巧妙地加以利用，也可以使它向有利於人類的方向發展，從總體上提高農業生物的生產能力。」北京：商務印書館，1998 年，頁 154、156。然，相互依存和相互制約的不單只是存在於世界上的各種生物，另外還有氣候，一年四季的變化，順應而生，共時共利。

〔註 62〕〔漢〕鄭玄注，〔唐〕賈公彥疏《周禮注疏》卷三十，臺北：藝文印書館，1976 年，頁 458。

禁火的冷食習俗記載：

> 太原郡民呂隆冬不火食五日。雖有疾病緩急。猶不敢犯。
> 爲介子推故也。〔註63〕

隆冬不火食五日，魏晉時期亦延續了舊有的禁火寒食禁火活動，但後因天數甚多，北方氣候寒冷，無法食用熱食，許多老弱不堪如此。故於魏武帝之時，便頒布了政令禁止寒食一事：

> 聞太原、上黨、西河、雁門冬至後百有五日皆絕火寒食，
> 云爲介子推、子胥沈江。吳人未有絕水之事，至於推獨爲
> 寒食。豈不悖乎？且北方沍寒之地，老少羸弱，將有不堪
> 之患。令到，人不得寒食。若犯者，家長半歲刑，主使百
> 日刑，令長奪一月俸。〔註64〕

由於禁火時間過長，而北方天氣寒冷導致百姓無法忍受，遂而頒令禁止了寒食禁火食冷食的活動。到了唐代時，寒食禁火已從原有的五日改爲三日〔註65〕。而寒食過後的清明，則是改火的重要時刻，其代表的不只是一個舊的結束，更著重強調的是一個新的開始：

> 改火清明後，優恩賜近臣。漏殘丹禁晚，遂發白榆新。瑞
> 彩來雙闕，神光煥四鄰。氣回侯第暖，煙散帝城春。利用
> 調羹鼎，餘輝燭縉紳。皇明如照隱，願及聚螢人。（鄭轅〈清
> 明賜百僚新火〉，卷281，頁3194）

> 恩光及小臣，華燭忽驚春。電影隨中使，星輝拂路人。幸
> 因榆柳暖，一照草茅貧。（竇叔向〈寒食日恩賜火〉，卷271，頁
> 3028）

在寒食禁火後，由君王在清明之時賜予臣民屬於春季的新火，以祈求太平。《宋會要輯稿》中言：「禁火乃周之舊制，唐及宋朝清明日賜新

〔註63〕〔清〕嚴可均《全上古三代秦漢三國六朝文》《全後漢文》卷十五〈桓
　　　　子新論下〉離事第十一，北京：中華書局出版，1985年，頁549

〔註64〕〔清〕嚴可均《全上古三代秦漢三國六朝文》，魏卷二〈明罰令〉，
　　　　北京：中華書局出版，1985年，頁1061。

〔註65〕〔宋〕王溥撰《唐會要》卷二十九〈節日〉，「天寶十載三月勅，標
　　　　納火之禁，有鑽燧之文，以變理寒燠，宣氣候，今以後寒食並禁火
　　　　三日。」頁543。

火，亦周人出火之事。」〔註66〕對於臣子而言，能夠收到從君主手中賜予的燭火，心裡的喜悅來自於收到君王所贈的春季新火。火之於人們的重要性，是日常生活上的必需。而過了清明之後，氣溫已漸漸的呈現萬象復甦「氣回侯第暖」的情況。

> 改木迎新燧，封田表舊燒。（張說〈奉和聖制寒食作應制〉，卷88，頁963）
>
> 燧火開新焰，桐花發故枝。（孫昌胤〈清明〉，卷196，頁2013）
>
> 浴蠶當社日，改火待清明。（陳潤〈東都所居寒食下作〉，卷272，頁3061）
>
> 清明節日頒新火，蠟炬星飛下九天。（和凝〈宮詞〉，百首之二十六，卷735，頁8478）

「社日」是古代先民祭祀土地神的重大節日，源於三代，初興於秦清，分為「春秋」與「秋社」是為適應春祈秋報的需要。至唐宋時，最為興盛，除對土地進行祭祀外，亦增添了不少娛樂活動，顯現出唐宋社會富庶太平之況。

　　社，為土神。《說文》：「社，地主也。」「社日」，即是意指著以農耕為生的人們，對於土地的崇敬與膜拜。故此，於社日會有針對土地的祭祀與事蠶活動，詩作中寫到了清明節日朝廷頒布新火的活動。對於寒食禁火與清明賜火的節俗，雖是兩種不同的意義，但卻緊緊的相連相關著。古人基於對節候的轉變與物種的變化更迭的了解，在天氣晴明、萬物萌達的清明節氣之中，作了改火的動作，為的就是能夠永續的與自然相應相生。

（二）慎終追遠的祭祀活動

　　寒食與清明在唐代儼然融合成為一個節日，寒食禁火，清明出新火。而寒食與清明另有一重要活動，為掃墓。中國人重視孝道，因此掃墓祭拜父母祖先，為頗受重視的大事。對於中國人而言「時間對他

〔註66〕〔清〕徐松輯《宋會要輯稿》〈運曆〉二，台北：新文豐出版，1976年，頁2～37。

們來說，有著各不相同的性質，時間的性質依據其陰陽五行的屬性確定。因此傳統歲時節日在民眾的時間分類中，被區分爲人、鬼、神三界，……。人節重在人倫活動，鬼節爲了追懷亡人，神節祭祀天神。事實上，三者在民間節俗中常常互相牽連，人事活動離不了鬼神的襄助，鬼神的祭祀也最終是爲了現世人間生活」〔註67〕，於是在這三者相互關係下，對於祖先的祭拜便是一大重要的課題。早在周代即有祭墓的習俗〔註68〕。而戰國時代的祭墓活動，在《孟子・離婁下》已出現了以酒食掃墓祭拜的禮俗〔註69〕。又《論語・爲政》云：「生，事之以禮；死，葬之以禮，祭之以禮。」〔註70〕足以看出中國人對於祖先的重視與崇仰。也因重視孝道，故寒食、清明掃墓祭拜的禮俗，自千年流傳至今，歷久不衰。《唐會要》載：

> 龍朔二年四月十五日詔，如聞父母初亡，臨喪嫁娶，積習日久，遂以爲常，亦有送葬之時，共爲歡飲，遞相酬勸，酣醉始歸，或寒食上墓，復爲歡樂，坐對松檟，曾無戚容，既玷風猷，並宜禁斷。〔註71〕

由上文可知，唐代本不將寒食祭掃作爲一公定節日，認爲人民會以送

〔註67〕蕭放《歲時——傳統中國民眾的時間生活》，北京：中華書局，2002年，頁152。

〔註68〕《周禮・春官・冢人》云：「凡祭墓，爲尸。」，台北：藝文印書館，1985年，卷22，頁335。

〔註69〕「齊人有一妻一妾而處室者，其良人出，則必饜酒肉而後反。其妻問所與飲食者，則盡富貴也。其妻告其妾曰：『良人出，則必饜酒肉而後反。問其與飲食者，盡富貴也。而未嘗有顯者來，吾將瞷良人之所之也。』蚤起，施從良人之所之。徧國中無與立談者。卒之東郭墦閒之祭者，乞其餘。又顧而之他，此其爲饜足之道也。」《孟子・離婁下》，台北：藝文印書館，1985年，卷8，頁156。「墦閒」，即是墓地。齊人欺瞞妻妾，自稱與富貴者飲宴，卻爲往墓地向掃墓祭拜的人乞討祭祀剩餘的飯菜。此雖爲一篇寓言，但仍可推測出，戰國時代有掃墓祭拜的儀式，也供奉酒肉祭拜，以饗祖先。

〔註70〕〔魏〕何晏注，〔宋〕邢昺疏《論語集解》，卷二，台北：藝文印書館，1985年，頁16。

〔註71〕〔宋〕王溥《唐會要》卷二十三〈寒食拜掃〉，台北：商務印書館，1968年，頁439～440

葬上墓祭掃之由，共爲歡飲聚樂，玷敗風氣，故而禁止祭掃。然約定俗成的風氣若已形成，要禁止便是不容易之事：

> 開元二十年四月二十四日敕，寒食上墓，禮經無文，近世相傳，浸以成俗。士庶有不合廟享，何以用展孝思，宜許上墓，用拜埽禮，於塋南門外奠祭撤饌訖，泣辭，食餘于他所，不得作樂，仍編入禮典，永爲常式。〔註72〕

原爲經禮上沒有的禮俗，至近世反因浸以成俗而變爲一種節令活動，並將其編入禮典之中。透過上墓祭掃追思已逝的親友，然朝廷依然怕人民以祭掃爲由而尋樂，故明文頒訂了不得作樂之文。而爲了讓朝廷官員皆能返鄉祭掃，故唐代政府頒布了「寒食省墓，著在令文，其塋域在京畿者，自今任寒食假內往來，不限日數，若在外州任準式年限請假。」〔註73〕的政令來體恤官員的辛勞。

而寒食祭掃成爲了此時的家家戶戶皆會進行的節俗活動之一，「寒食家家送紙錢」（張籍〈北邙行〉，卷382，頁4283），然祭掃時對於親人已逝的惆悵、無奈、思念、難過與其生前的種種，也因此舉而又再一次的被從腦海的記憶中挖掘出來細細的緬懷：

> 丘墟郭門外，寒食誰家哭。風吹曠野紙錢飛，古墓纍纍春草綠。棠梨花映白楊樹，盡是死生離別處。冥寞重泉哭不聞，蕭蕭暮雨人歸去。（白居易〈寒食野望吟〉，卷435，頁4821）

梨花白楊交映之處，竟是生死別離的地方。作者以古墓的幽對比了春草的明。在生死別離之後的九泉之下，相隔甚遠無法聽聞亡者的喜怒哀樂。曠野隨風而飛的紙錢，逝者已逝，留給後人無限的追思。關於紙錢，先秦埋葬祖先於墓中時，用的是當時流通的帛布，到了漢代，才有專門用於殉葬的的錢，稱爲「瘞錢」。瘞錢的外型很小，串成一串，因此也叫做「榆莢錢」。據錢泳考證，紙錢之名是自唐代王璵開

〔註72〕〔宋〕王溥《唐會要》，卷23〈寒食拜埽〉，台北：商務印書館，1968年，頁439。

〔註73〕《全唐文》〈定寒食假詔〉卷六十五，頁694。

始並將其作爲祭祀使用的。〔註74〕然而對於那些無人祭掃的墓，詩人也將其寫入了詩作之中。

> 寒食家家出古城，老人看屋少年行。丘壟年年無舊道，車徒散行入衰草。牧童驅牛下塚頭，畏有家人來灑掃。遠人無墳水頭祭，還引婦姑望鄉拜。三日無火燒紙錢，紙錢哪得到黃泉。但看壟土無新土，此中白骨應無主。（王建〈寒食行〉，卷298，頁3374）

邙山橫恃於洛陽北面，與龍門相對，由於其位於洛陽東北方，故又稱「北邙山」、「北山」，根據《元和郡縣圖志》：「北邙山，在縣北二里，西自洛陽縣界東入鞏縣界。舊說云北邙山是隴山之尾，乃眾山總名，連嶺脩亘四百里。」〔註75〕爲洛陽的一處勝地，也是歷代王公貴族及后妃貴戚的風水寶地。故歷代所建於此的墳墓，於邙山上密佈重疊。《唐代墓誌匯編》中有百分之八十的墓誌墓主皆葬身於邙山。〔註76〕寒食祭掃，家家皆出門上墳，灑掃並整理親人的墓地，就算無法親自到墳頭祭掃之人，也會在水邊進行祭祀的活動。面對著無主孤墳，無人重新覆土，在這樣的節日之中，感到無限的淒涼。然詩人也遞出了疑惑，其認爲，紙錢必須經過焚燒之後，才拿到達親人的手邊，然寒食禁火無法焚少紙錢，只能將紙錢掛壓於墳頭，實無法得知，親人是否能獲得？但此習，後來也流延至今：

> 嘉興郭裏逢寒食，落日家家拜掃回。唯有縣前蘇小小，無人送與紙錢來。（徐凝〈嘉興寒食〉，卷474，頁5377）

> 君不見，馬侍中，氣吞河朔稱英雄。君不見，韋太尉，二

〔註74〕〔清〕錢泳《履園叢話》卷三〈考索・紙錢〉云：「紙錢之名，始見於《新唐書・王璵傳》。蓋漢以來，葬者皆有瘞錢，後里俗稍以紙剪錢爲鬼事。開元二十六年，璵爲祠祭使，始用之以襯被祭祀。」台北：廣文書局，1969年，頁127。又《新唐書》卷109〈列傳第三十四・王璵〉：「漢以來葬喪皆有瘞錢，後世里俗稍以紙寓錢爲鬼事，至是璵乃用之。」〔宋〕歐陽修撰《新唐書》，台北：鼎文書局，1989年，頁4107。

〔註75〕見《元和郡縣圖志・河南道》，北京：中華書局，2006年，頁132。

〔註76〕參見戴偉華《地域文化與唐代詩歌》，頁154。

> 十年前鎮蜀地。一朝冥漠歸下泉，功業勝名兩憔悴。奉誠
> 園裏蒿棘生，長興街南沙路平。當時帶礪在何處，今日子
> 孫無地耕。或聞羈旅甘常調，簿尉文參各天表。清明縱便
> 天使來，一把紙錢風樹杪。碑文半缺碑堂摧，祁連塚象狐
> 兔開。野花似雪落何處，棠梨樹下香風來。馬仕中、韋太
> 尉，盛去衰來片時事。人生倏忽一夢中，何必深深固權位。
>
> （薛逢〈君不見〉，卷 548，頁 6319）

生前與死後的明顯差異，於詩人的筆下明白的顯示出了。一個是南齊
錢塘名妓。然而墳前的淒涼透過著名傳一時的女妓深深的孤苦時；一
個是氣吞河朔的英雄；一個是鎮守蜀地的名相，但在歸於九泉之下後
「功業勝名兩憔悴」，生前的種種早已隨著一把塵土而化為無語。其
中帶出了許多蒼涼的人生感慨，曾經的芳榮已成虛幻，如同薛逢於末
句所言，人生倏忽一夢，人世間的名望，於死後便留在原地，不隨著
帶走。

（三）其他過節的娛樂活動

對於清明寒食的遊戲，可說是十分的精彩，除郊遊踏青外，尚
有：放紙鳶、鬥雞、百戲、拔河等等，人們會於節日之中，進行平
日較不能從事的休閒活動，放鬆心情。其中最具特色的便是鞦韆及
蹴鞠。

1、晃蕩之間的方寸世界──鞦韆

鞦韆，是唐代寒食盛行的一項習俗活動之一，其本是古代北方少
數民族的一項習武活動漸漸轉變而來：

> 《古今藝術圖》云：「鞦韆，本北方山戎之戲，以習輕趫者
> 也。後中國女子學之，乃以綵繩懸木立架，士女炫服坐立
> 其上推引之，名曰『鞦韆』。楚俗亦謂之『施鈎』，《涅槃經》
> 謂之『胃索』。」〔註77〕

〔註77〕〔梁〕宗懍《荊楚歲時記校注》，台北：文津出版社，1992 年，頁
72。

由此可知，鞦韆的發明與使用是很早便有的事。而《開元天寶遺事》亦載：「天寶宮中，至寒食節，競豎鞦韆，令宮嬪輩戲笑，以爲宴樂，帝呼『半仙戲』，都人市民，因而呼之。」〔註78〕可知，唐代鞦韆戲一事於當時宮中十分的盛行。每逢寒食節，宮中的嬪妃爭相戲笑玩樂。而唐代寒食詩作中吟詠「鞦韆」詩眾，其除了以「鞦韆」一詞呈現於詩作當中外，另有如「綵繩」、「紅索」、「綵索」〔註79〕，也都是以鞦韆最具代表的特徵來形容鞦韆，自唐代寒食可謂是廣泛流行，甚至有「寒食鞦韆滿地時」〔註80〕的盛況。除了宮中流行外，鞦韆戲亦流傳到民間，爲人作歡樂之用。

> 春暮越江邊，春陰寒食天。杏花香麥粥，柳絮伴鞦韆。酒是芳菲節，人當桃李年。不知何處恨，已解入箏弦。(柳中庸〈寒食戲贈〉，卷257，頁2876)

> 四十九年身老日，一百五夜月明天。抱膝思量何事在，癡男騃女喚鞦韆。(白居易〈寒食夜〉，卷441，頁4925)

> 美人寒食事春風，折盡青青賞盡紅。夜半無燈還有睡，鞦韆懸在月明中(薛能〈寒時日題〉，卷561，頁6515。)

以上數首，寒食節令詩，皆敘寫了「鞦韆」這項寒食必備的節令活動。「柳絮伴鞦韆」、「癡男騃女喚鞦韆」、「鞦韆懸在月明中」等詩句，寫出了女性寒食盪鞦韆的柔美身影及美麗春景，也寫出了男女於寒食利用鞦韆戲互吐情衷的畫面。又韓偓〈鞦韆〉

> 池塘夜歇清明雨，繞院無塵近花塢。五絲繩繫出牆遲，力盡縷瞳連見臨圃。下來嬌喘未能調，斜倚朱闌久無語。無語兼

〔註78〕〔五代〕王裕仁《開元天寶遺事》，《叢書集成初編》第五四九冊，上海：商務印書館，1940年，頁18。

〔註79〕如：「綵繩拂花去，輕毬度閣來。」韋應物〈寒食〉卷193，頁1990，「佳人宿薄妝，芳樹綵繩開。」羊士諤〈雨中寒食〉，卷332，頁3705～3706，「白衫眠古巷，紅索搭高枝。」張籍〈寒食後〉，卷384，頁4326～4327，「不見紅球上，那論綵索飛。」韓愈〈寒食直歸遇雨〉，卷343，頁3846。

〔註80〕王涯〈宮詞三十首（存二十七首）〉第十五首，《全唐詩》，卷346，頁3879

動所思愁，轉眼看天一長吐。（韓偓〈鞦韆〉，卷 683，頁 7819）
原本作爲戲樂的鞦韆，另類的成爲窺見世間的一道窗。對於自小生長
在深閨中深入簡出的閨女而言，利用鞦韆晃盪時將自己推高才能夠看
見庭院外的世界，故用盡了氣力的盪高，才能夠看得更遠，才能一睹
未知的世界，不論是鄰園的花圃亦或是更遠的地方。直到精疲力竭
了，才肯罷休的從鞦韆上下來。對於自身無法走出閨閣，似籠中鳥的
自己，只能將所有的愁緒望天長吐，無語而對。同宮中的嬪妃，自入
宮後，興許便不得再出宮至老死終了。透過了鞦韆晃盪的同時，一點
一點的目睹宮外的景色，除了得到玩樂的效果，亦獲得與外界接軌的
些許機會。

2、蹴　鞠

　　唐代寒食的蹴鞠活動，形式多采多姿，不僅有激烈的打馬毬活
動，也有民間玩的村毬、輕毬等不同的形式，使不同階層的人民皆能
體會打毬的樂趣。而蹴鞠也稱爲打鞠，是指一種用腳踢球的活動。西
漢劉向《別錄》云：

> 蹴鞠者，傳言黃帝所作。或曰起戰國之時。蹴鞠，兵勢也，
> 所以練武士知有材也，皆因嬉戲而講習之。今軍士無事，
> 得使蹴鞠。有書二十五篇。〔註81〕

由此可知，蹴鞠本作爲軍事閒暇娛樂之用途。唐代寒食節蹴鞠風氣因
帝王喜愛故非常興盛。「遙聞擊鼓聲，蹴鞠軍中樂。」（韋應物〈寒食
後北樓作〉，卷 192，頁 1972）由韋應物的「蹴鞠軍中樂」道出了原
是軍中閒暇娛樂的蹴鞠活動：

> 公子途中方蹴踘，佳人馬上戲鞦韆。（明皇帝〈初入秦川路逢
> 寒食〉，卷 3，頁 29）
>
> 雲間影過鞦韆女，地上聲喧蹴踘兒。（曹松〈鍾陵寒食日與同
> 年裴顏李先輩鄭校書郊外閒遊〉，卷 717，頁 8240）

〔註81〕　〔清〕嚴可均校輯《全上古三代秦漢三國六朝文》第一冊，北京：
　　　　　中華書局，1985 年，頁 175。

從以上兩首可發現，蹴鞠者多半爲男性，而戲鞦韆者多爲女性。以「地上聲喧蹴踘兒」的劇烈喧嘩戲鬧聲來對比出「雲間影過」的清麗與女子的纖巧優雅。

　　而唐詩最爲詩人所描摹的爲打馬毬與輕毬。打馬毬多半爲宮廷中或王孫貴族或富貴人家所進行，因養馬費用甚高，一般百姓無法負荷：

　　　　擊鞠王孫如錦地，鬥雞公子似花衣。（皮日休〈洛中寒食二首之一〉，卷 613，頁 7068。）

　　　　鬥敵雞殊勝，爭毬馬絕調。（張說〈奉和聖製寒食作應制〉，卷 88，頁 963）

　　　　廊下御廚分冷食，殿前香騎逐飛毬。（張籍〈寒食內宴二首之一〉，卷 385，頁 4337～4338）

　　　　飛絮衝毬馬，垂楊拂妓車。（白居易〈和春深二十首〉之四，卷 449，頁 5063～5064）

由「擊鞠王孫如錦地」可印證出遊戲者爲王孫貴族，「殿前香騎逐飛毬」、「飛絮衝毬馬」比賽的激烈情況可見一般。而除刺激的馬毬比賽外，一般人民從事的爲不似馬毬激烈的輕毬，或徒步打毬的選項。

　　　　村毬高過索，墳樹綠和花。（薛能〈寒食有懷〉，卷 558，頁 6475）

　　　　綵索平時牆婉娩，輕毬落處晚寥梢。（溫庭筠〈寒食日作〉，卷 578，頁 6717～6718）

　　　　便幕那能鏤雞子，行宮善巧帖毛毬。（張說〈奉和聖製初入秦川路寒食應制〉，卷 86，頁 938）

　　村民們所打的毬，因爲輕巧而飛得極高過鞦韆。而輕毬與毛線作的毛毬皆因爲重量輕巧，故有「蹴鞠塵不起」（白居易〈洛橋寒食日作十韻〉，卷 449，頁 5067）的效果。

　　相較於鞦韆的優柔輕美，蹴鞠明顯的偏向於陽剛激烈。然這兩者的相互激盪，也使清明寒食的節令活動，增添了樂趣。

小　結

　　本章先以自然的節氣著手，佐以史料與唐代詩歌中特具的氣物感知、動植物變化與文人身心靈改變，所得結論如下：

　　筆者將清明對於農事上的重要性作一爬梳，可發現農人對於清明所帶來的降雨十分的重視，其原因在於清明所降之雨的意義，代表了一整年的農作是否能順利豐收。而皇帝也會於此時在寢廟舉辦祭祀大典，為祈求上蒼能庇祐一整年順利且豐收，后妃們亦親自齋戒事蠶，態度謹慎且隆重。後以大自然中動植物的生命情狀做為討論，發現詩人除了依照湖光山色的景色變化來觀察節序變化以外，亦會從鳥類的物種、毛色、行為，花叢草間的植物種類，如：屬於春季的杜鵑、桃花等，做為觀察對象，使筆者能夠更精確的掌握作者書書寫於詩作中季節的變化。

　　接著再以先民依循著以自然的節氣變化所衍伸出的節令活動做討論主軸，佐以史料，將唐詩中所描述節令習俗，如：上巳從原先的修禊祭祀祓除不祥，到由朝廷率領百官於曲江的宴活動、文人臨水宴飲、百姓至水邊踏青；清明融入了寒食的祭掃追念祖先的活動，朝廷從原本的禁止到約定俗成的禮典制定等。清明寒食的禁火與出新火、蹴鞠、鞦韆等節俗活動，皆做一典故的爬梳並佐以唐詩，將百姓的生活文化、物質與精神文化作一分析，從中看出唐人對於傳統風俗傳襲、自立而出的習慣和娛樂休閒方式。

第三章　重陽與寒露的物候現象與
　　　　　節令活動

　　重陽節爲農曆九月九日。九屬陽類，兩九相重故亦稱重九，而兩
陽相重則稱重陽又爲「老陽」〔註1〕，早在戰國時代已有「重陽」一
名，而到漢代成爲固定節日，節俗傳統上人們有佩茱萸、飲菊花酒、
登高之俗。劉歆《西京雜記》：

　　　戚夫人侍兒賈佩蘭，後初爲扶風人段儒妻言在內時，九月

　　　九日，佩茱萸、食蓬耳、飲菊酒，令長壽。〔註2〕

到了唐代沿襲了習俗的流傳，但亦有專屬於唐代的時代特色，詩人以
詩作爲「九日重陽」做爲描述，記錄了屬於唐代特有的景觀風緻，詩
情畫意般的生活使其內容更加的豐富充實。而在重陽之後天氣漸寒，
衣服漸添，故唐人有「九月授衣」〔註3〕之說亦稱「授衣節」。白露、
秋風、大雁、霜菊等物候性景物共同組成了最具普遍意義的景圖，感

─────────────

〔註1〕　在《易》卦占中三變成一爻，四十九根蓍草到最後倘得三奇數則
　　　　得「老陽」，而餘數爲「九」；得三偶數則爲「老陰」，而餘數爲「六」。
　　　　《周易正義》臺北：藝文印書館《十三經注疏》，頁168下。

〔註2〕　〔漢〕劉歆《西京雜記》，《四部叢刊正編》第23冊，臺北：臺
　　　　灣商務印書館，1979年11月，卷3〈戚夫人侍兒言宮中樂事〉，
　　　　頁10。

〔註3〕　〔漢〕鄭元箋、〔唐〕孔穎達疏：《詩經・豳風》〈七月〉：「七月流火，
　　　　九月授衣，……。」臺北：藝文印書館《十三經注疏》，1982年，頁
　　　　280。

發著士人的家國之思、漂零之感。中國古代文人對季節的更替、景物的變遷非常敏感，杜審言〈和晉陵陸丞早春遊望〉所謂「獨有宦遊人，偏驚物候新」，雖就早春草長鶯飛的陽春煙景，自然可令人心曠神怡；但一片落葉，一聲蟬鳴，同樣能引動屬於秋日的愁情。

　　與重陽相應的節氣是「寒露」，約在九月上旬，依《月令七十二候集解》所云：「九月節，露氣寒冷，將凝結也。」〔註4〕〈孝經援神契〉也記載：「秋分後十五日，斗指辛，爲寒露。言露冷寒，而將欲凝結也。」〔註5〕寒露是炎熱與寒冷交替的季節，氣候明顯由溫暖轉寒冷，動植物也隨寒氣而形體有所變化，蟬噤荷殘，霜葉漸紅，候鳥也開始逐陽南遷。搭配著重陽的節令活動，映現出更爲豐碩的詩人書寫。

第一節　唐詩中「重陽」節令群的物候現象

　　檢視《全唐詩》中收錄「重陽」、「九日」、「寒露」詩作共四百一十六首，對於天氣景色作一描摹約七十二首，對於植物的描寫約二百九十一首，對於動物的描寫約六十四首。本節將以唐詩佐以唐前之《淮南子·時則訓》、《禮記·月令》等節氣相關資料，以了解詩人於漫長生活的經驗累積之下，體現於詩作中的物候現象。

一、碧雲江靜與暮雨寒流的氣候變化

　　節氣運行到寒露，氣溫漸漸趨於涼爽，空氣中水氣遇冷凝結成霜，草木枯黃掉落，農作物因三秋而萬實成：

> 九日重陽數，三秋萬實成。時來謁軒石，罷去坐蓬瀛。（張
> 說〈九日進茱萸山詩五首之四〉，《全唐詩》卷89，頁980）

> 白露秋稼熟，清風天籟虛。（權德輿〈奉和聖制重陽中外同歡以
> 詩言志因示百僚〉，《全唐詩》卷320，頁3604）

〔註4〕　〔元〕吳澄《月令七十二候集解》，台北：藝文印書館，1970年，頁
　　　　42。

〔註5〕　〔日〕安居香山、中村璋八《緯書集成》〈孝經援神契〉，河北：河
　　　　北人民出版社，1994年，頁954。

秋暮天高稻穟成，落星山上會諸賓。（徐鉉〈九日落星山登高〉，

《全唐詩》卷 756，頁 8599。）

老百姓將農地休耕不再忙於農事，自然的景色也隨著時節的變化遂然轉換爲適應此時節的景致〔註 6〕。而《禮記·月令》中曰：「季秋之月，……。是月也，霜始降，則百工休。」唐代詩人於詩作中所映現的天候變化，不單單只描述了草枯霜降的蒼茫蕭索之景，而是另有不同面貌呈現。

杜牧於睦州所寫的〈秋晚早發新定〉與〈除官歸經睦州雨霽〉二首，便對於秋日晴空高朗，氣候涼爽宜人的景象做了描述：

解印書千軸，重陽酒百缸。涼風滿紅樹，曉月下秋江。嚴壑會歸去，塵埃終不降。懸纓未敢濯，嚴瀨碧淙淙。（卷 522，頁 5968）

秋半吳天霽，清凝萬里光。水聲侵笑語，嵐翠撲衣裳。遠樹疑羅帳，孤雲認粉囊。溪山侵兩越，時節到重陽。顧我能甘賤，無由得自強。誤曾公觸尾，不敢夜循牆。豈意籠飛鳥，還爲錦帳郎。網今開傅燮，書舊識黃香。姹女眞虛語，饑兒欲一行。淺深須揭屬，休更學張綱。（卷 522，頁 5969）

「涼風」、「曉月」交織出一片氣象澄明的景色，而秋天的霽色與清凝

〔註 6〕 舊時農業社會以重陽節爲農事收成及節氣徵候的標竿，多見於各地方志叢書中，茲引數例說明如下：江蘇省《太倉州志》：「九月九日重陽節，……是日晴主一冬無雨。」《綏德州志》：「重九日，農家多食棗糕，蓋其時農人甫經收穫，故以之食我。農夫諺云：『九月九，家家有』是也。」又《同官縣志》云：「此日有雨，冬必有雪。來年豆麥成，霜降忌早。」以及河北省《文安縣志》：「重九，……此日九，……以日陰晴卜冬日寒暖。諺云：『九九晴，一冬凌；九九陰，一冬溫。』」《獻縣志》：「九日，登高，以是日陰晴卜冬寒燠。諺曰：『重陽陰，三冬溫；重陽晴，三冬凌』又曰：『重陽無雨看十三，十三無雨一冬乾。』」陳思修、繆荃孫纂，卞惠興編《中國地方志集成》，南京：江蘇古籍出版社，1991 年。又例多不及備載。由以上皆可說明重陽節對於農業社會當有十分深厚的意義，而非文人墨客登高、飲酒、賦詩之舉而已。

的風光，也讓詩人即將回京任官的那種驚訝與難以置信的不安情緒得到些許的轉化〔註7〕，不再因爲那未知的仕途感到提心吊膽，而耳提面命的提醒著自己。再如皎然於〈九日同盧使君幼平吳興郊外送李司倉赴選〉〔註8〕、〈九日陪顏使君眞卿登水樓〉〔註9〕中所言的「晴空懸倩旆，秋色起菱湖」、「風文向水疊，雲態擁歌迴」中所對出的「晴空」、「秋色」，風水雲態等等，皆能感受到詩人對於暮秋之景的感受，不僅只於蕭條之貌，而是將暮秋所帶來的美好景色都納入了詩作當中，成爲了吟頌的焦點之一。又如賈島〈送友人如邊〉中對於天色所描述的「雲入漢天白，風高磧色黃。」（卷573，頁6670）張祜〈和杜牧之齊山登高〉中的「碧雲江靜浦帆稀」（卷511，頁5828），詩人利用了顏色「白」、「黃」、「碧」呈現出視覺上所觀察到的秋色，帶出了雲清風高而氣爽之感。

　　而引起秋天氣候涼爽之因，是由於地球在公轉軌道上位置轉變的關係，太陽光直射地球的地點也跟著改變，各緯度被陽光照射的情況也就不同。對於北半球地區而言，夏至時陽光直射北迴歸線，北半球絕大部分地區的太陽高度角在一年中是最大的時刻。日照時間長，受熱也多，但陽光直射點因地球公轉軌道位置的改變，到了秋分（9月23前後），太陽高度角逐漸減小，日照時間與受熱量也

〔註7〕　〔唐〕杜牧著《樊川文集》卷十〈自撰墓誌銘〉：「出首黃、池、睦三州，遷司勳員外郎、史館修撰。時爲大中二年八月。」台北：九思出版社，1979年。謝旻琪言：「大中二年，從睦州刺史任要回到長安爲司勳員外郎、史館修撰時寫〈除官歸經睦州雨霽〉，說出了他對於回長安擔任京官有不敢置信之感；……並於此處用了東漢名臣張綱的典故，來提醒自己，希望對於人事的處理能更靈活，更有彈性。說明了杜牧隨著際遇與歲月的摧折，銳氣削減，疏離和孤寂的感覺越然紙上。」〈末世的圖景——論杜牧詩中的長安〉，《東亞漢學研究》，2011年5月，頁49。

〔註8〕　「重陽千騎出，送客爲跡躚。曠野多搖落，寒山滿路隅。晴空懸倩旆，秋色起菱湖。幾日登高會，揚才盛五都。」，卷819，頁9233。

〔註9〕　「重陽荊楚尚，高會此難陪。偶見登龍客，同遊戲馬臺。風文向水疊，雲態擁歌迴。持菊煩相問，捫襟愧不才。」，卷817，頁9204。

隨著減少。〔註 10〕故氣候在秋分之後逐漸的轉為涼冷的氣溫。以下
為地球公轉與節氣形成的示意圖〔註 11〕：

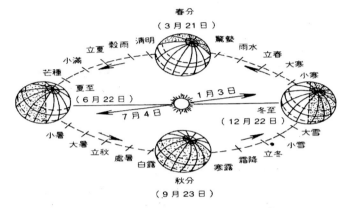

地球公轉與節氣及四季的形成

　　由上圖可知，重陽所居中的節氣「寒露」所在的時間點剛好在「秋
分」過不久〔註 12〕，故氣溫由於太陽照射角的關係而逐漸的下降，氣
溫漸漸較為涼爽。而「秋分」過後的降雨、霧氣、露水亦是詩人們對
於「寒露」來臨的一則指標。

　　「秋分」過後雨季結束，但零星的降雨讓氣溫慢慢的下降，「蒼
蒼來暮雨，淼淼逐寒流」（劉長卿〈重陽日鄂城樓送區突司直〉，卷
147，頁 1500。）、「色減頻經雨，香銷恐漸寒」（顧非熊〈萬年厲員
外宅殘菊〉，卷 509，頁 5789），早晚的寒氣隨著降雨一層一層的加
重，張登〈重陽宴集同用寒字〉言：「雨借九秋寒」（卷 313，頁 3521）
來描述詩人本身對於氣溫降低的明顯感受。又李端〈酬晉侍御見

〔註 10〕詳文請見陳鐵如、吳鍾玲《基礎氣象與農業氣象學》，台北：淑馨出
　　　　版社，1993 年 5 月，頁 15。
〔註 11〕詳文請見陳鐵如、吳鍾玲《基礎氣象與農業氣象學》，台北：淑馨出
　　　　版社，1993 年 5 月，頁 17。
〔註 12〕〔日〕安居香山、中村璋八輯《緯書集成》〈孝經援神契〉：「秋分後
　　　　十五日，斗指辛，為寒露。言露冷寒，而將欲凝結也。」河北：河
　　　　北人民出版社，1994 年，頁 955。

寄〉:「……。細雨霜林暮,重陽九日寒。貧齋一叢菊,願與上賓看。」
(卷285,頁3264)綿綿的細雨使得氣溫變得寒冷。在降雨過後,
由於氣溫逐漸降低的緣故,空氣中的水氣遇寒凝結成霜露,存於草
上或葉尖,故唐代以後有關節氣的資料亦有「九月節,氣寒冷,將
凝結也。」〔註13〕的記載。就氣候學上來講,寒露以後,北方冷空
氣已有一定勢力,大陸地區大部分在冷高壓控制之下雨季結束,而
偶發的綿雨伴隨而來的濕度、多雲、陰天,使天氣轉向為濕冷且霜
霧濃重。故詩人言:「玉燭降寒露」(武元衡〈奉和聖製重陽日即事〉,
卷317,頁3564)、「霜氣入秋山」(朱放〈九日陪劉中丞宴昌樂寺送
梁廷評〉,卷315,頁3539),都說明了,夜晚霜露的加重與溫度的
降低。又霜露的降臨對於農作物的災害是有的,朱慶餘〈和劉補闕
秋園於寓興之什十首〉之一:「雨餘槐穟重,霜近藥苗衰。」(卷514,
頁5873),對於一般的農作物而言,寒雨、霜害皆是不利於生長的,
秋季的初霜往往會影響農作物的生長甚至死亡。〔註14〕

再者討論與節序景況不符的自然災害,按照正常情況來說,秋
分過後降雨量已漸漸的減少,到了暮秋的重陽時分,若真的有降雨
的情況,也只有零星的毛毛細雨。天氣逐漸晚為寒冷,農作物也在
此時收穫加工或儲存,以利冬季或來年的使用。然若在此時天降下
滂沱大雨便有可能使農民一年的心血付之一炬,而民生也就此大亂
了秩序。

> 出門復入門,兩腳但如舊。所向泥浩浩,思君令人瘦。沉
> 吟坐西軒,飲食錯昏晝。寸步曲江頭,難為一相就。吁嗟

〔註13〕〔元〕吳澄《月令七十二候集解》〈寒露〉,《百部叢書集成》二十四,
1935年,臺北:藝文印書館,頁12。

〔註14〕陳鐵如、吳鍾玲《基礎氣象與農業氣象學》中言:「秋季發生的霜凍
稱為秋霜凍又稱早霜凍,秋收作物尚未成熟,陸地蔬菜還未收穫時
發生的霜凍。秋季發生的第一次霜凍稱為初霜凍,初霜凍發生的越
早,生育期越短,對作物危害越大。隨著季節推移,秋霜凍發生的
頻率逐漸提高,強度也逐漸加大。」台北:淑馨出版社,1993年5
月,頁198。

乎蒼生。稼穡不可救。安得誅雲師，疇能補天漏。大明韜
日月，曠野號禽獸。君子強逶迤，小人困馳驟。維南有崇
山，恐與川浸溜。是節束籬菊，紛披為誰秀。岑生多新語，
性亦嗜醇酎。采采黃金花，何由滿衣袖。（杜甫〈九日寄岑參〉，
卷216，頁2259。）〔註15〕

　　《舊唐書》〈本紀〉天寶十三載（754）記，「……秋，霖雨積六
十餘日，京城垣屋頹壞殆盡，物價暴貴，人多乏食，令出太倉米一
百萬石，開十場賤糶以濟貧民。東都瀍、洛暴漲，漂沒一十九坊。」
〔註16〕無法踏出家門，因為寸步難行，無法與朋友相見，因為滿地
的泥濘，使人無法外出。就常理來說，若適當的降雨，稱之為天降
甘霖，然在這年暮秋連日大雨便稱為災禍，因其總共下了兩個月多，
導至房屋壞損，河水暴漲，農作物因連日的大雨而全部「不可救」，
耕作過的良田也因過多的雨量而荒廢，百姓苦不堪言。依閻守誠所
言，「洪災」是指水量突然增加，水的機械能力給人類生產和生活造
成危害的災害；「澇災」，又稱「雨澇」，是因為暴雨或長時間降雨過
多而造成。基於此種分法，筆者將本詩所形容之災害認定為澇災，
其因農田水量過多，農作物無法順利生長，或土壤含水量過大或時
間過長，皆會影響農作的生長發育，甚至導致枯萎、壞死，最後造
成產量減少以致於絕收，百姓生活痛苦民不聊生。〔註17〕詩人在作
品中問「安得誅雲師」，事實上也是因為不忍蒼生們如此的痛苦，而
發出是否能夠將掌管降雨的雲師誅除的疑問句。然在這多事之秋的
景況之下，不單只是天災令人難過，又人禍亦是令人心寒：

〔註15〕徐國能〈論杜甫「九日」詩〉，《中國學術年刊》第二十一期，2000
　　　年3月，與李秀靜《唐代九日重陽詩歌研究》，中國文化大學中國文
　　　學研究所碩士論文，1994年。皆有討論到杜甫〈九日寄岑參〉一首，
　　　然徐國能於篇章中只略提到秋澇，並無過多著墨，而李秀靜亦提供
　　　一條史料，而無過多杷梳發揮。
〔註16〕〔後晉〕劉昫《舊唐書》〈本紀〉卷九，北京：中華書局，1975年，
　　　頁229。
〔註17〕詳文請見，閻守誠《危機與應對：自然災害與唐代社會》，北京：人
　　　民出版社，2008年，頁20～21

> 天寶十三載，秋八月，關中大饑，……上憂雨傷稼，國忠
> 取禾之善者獻之，曰：「雨雖多，不害嫁也。」上以爲然。
> 扶風太守房琯言所部水災，國忠使御史推之。是歲，天下
> 無敢言災者。高力士侍側，上曰：「淫雨不已，卿可盡言。」
> 對曰：「自陛下以權假宰相，賞罰無章，陰陽失度，臣何敢
> 言？」上默然。〔註18〕

就因爲如此，杜甫言「君子強逶迤，小人困馳驟。」權臣奸宦刻意隱
瞞的災情，使得在上位者無從得知實際的情況，被矇在鼓底，無法下
定正確的決策。百姓們因連日大雨成災，無從農作，飢亡成災：

> 雲師，惡宰相之失職。天漏，譏人君之闕德。韜日月，國
> 忠蒙蔽也。虎禽獸，祿山恣橫也。君子小人，貴賤俱不得
> 所也。〔註19〕

這樣的社會現況，遭逢天災，內有小人得志，政府無法得知百姓受災
的正確消息，而外有安史叛軍恣意橫行，在這種內憂外患的雙管齊
下，又有甚麼心情能夠欣賞在重陽時節怒放燦爛的黃金色菊花，把酒
言歡的渡過佳節，然造成人民起義叛亂卻是早已有許多的隱性問題默
默的存在：

> 勞動力是社會生產、發展的主要支柱，是構成農業生產力
> 的一個基本因素，勞動力的盛衰直接關係著農村各種事業
> 的興衰。自然災害造成大量人口傷亡和流失，勢必使土地
> 荒蕪、商業流通受阻，進而導致社會經濟滑坡。嚴重的自
> 然災害，以它無與倫比的殘暴，使農業顆粒無收，赤地千
> 里，把大批災民驅趕到死亡線上。如果政府不能及時、有
> 效地救災，使災民生活和生產得以維持，大量掙扎在死亡
> 線上的災民，在物質生活極度困難、精神負擔特別沉重的
> 雙重壓力下，出於強烈的求生的本能，他們就會團結起來，
> 一改平時的溫、良、恭、儉、讓，用暴力的、武裝鬥爭的

〔註18〕〔宋〕司馬光《資治通鑑》卷217〈天寶十三年〉，北京：中華書局，
　　　　1956年，頁6928。

〔註19〕〔清〕仇兆鰲《杜詩詳注》，臺北：里仁書局，頁210。

方式去爭取自己的生存權利。〔註20〕

百姓因天災關係良田無法耕作，造成人民大量傷亡流失，土地荒蕪，經濟受創，無以生存。對於杜甫而言，天災人禍不斷，這樣的景況，已不再適合寄情風雅，遊賞飲宴的度過佳節，人民因生活苦難而不擇手段的叛變，也是為這災難的生活揭開了序幕，然後續接踵而至的是災害所帶來的傳染病〔註21〕及無糧可食，如同地獄般苦不堪言官逼民反。

二、紛紛凋且落，唯有一枝獨綻芳——九日重陽的植物景況

九月，許多植物皆紛紛枯萎，而菊花於此時綻放。〔註22〕故有「絳葉從朝飛盡夜」（張諤〈九日〉，卷110，頁1131）、「絳葉擁虛砌」（高適〈同崔員外綦毋拾遺九日宴京兆府李士曹〉，卷214，頁2232）、「寒花開已盡」（杜甫〈雲安九日正十八攜酒陪諸公宴〉，卷229，頁2492）等描述樹葉凋落的詩句，而詩人於「重陽」作品中常常能夠看到觀賞菊花而吟詠的詩句，如：「清秋黃葉下，菊散金潭初」（德宗皇帝〈重陽日中外同歡以詩言志因示群官〉，卷4，頁46）、「重陽開滿菊花金」（殷堯藩〈九日病起〉，卷492，頁5532）、「酒熟菊還芳」（姚合〈同衛尉崔少卿九月六日飲〉，卷498，頁5668）

〔註20〕閻守誠《危機與應對：自然災害與唐代社會》北京：人民出版社，2008年，頁151。

〔註21〕「疫病本身就是死亡率很高的生物災害，它可以單獨發生，即作為原生災害發生，更多的是在水、旱等災害之後作為次生災害發生。災害發生之後，飢餓和營養不良降低了人的抗病能力，加之大量人、畜死亡得不到即時埋葬，形成了污染源和病源，災民聚居食宿，衛生環境惡劣，疾病易於傳染，因此大災之後常有大疫。」詳文請見，閻守誠《危機與應對：自然災害與唐代社會》北京：人民出版社，2008年，頁149。

〔註22〕〔漢〕鄭玄注、〔唐〕孔穎達等正義《禮記注疏》〈月令〉卷十七：「季秋之月，……鞠有華黃。」臺灣：中華書局《四部備要》，1965年，頁1。

等，在萬物蕭條的景色之下，有一物與眾不同在此時嶄露生氣並且
綻放，這攫取了許多詩人的目光。檢視全唐詩「重陽」、「九日」詩
共 382 首，其中有 98 首在描繪所見植物時，提到了菊花的姿態，或
初綻放〔註23〕或被雨淋散〔註24〕或顏色不同等等姿態萬千，在在都
顯示出暮秋菊花綻放燦爛的光景，面對芳菊盛開的重陽佳節，詩人
觸景興情，不免以菊花入詩。然而，進一步統算唐人「九日」、「重
陽」詩中詞彙出現的頻率便可發現，就單詞而言，以「菊」出現的
頻率最高。而就複詞而言，「菊花」出現的頻率僅次於「重陽」，倘
若再加上「黃花」、「黃菊」、「菊蕊」、「紫菊」、「野菊」以及「芳菊」
等同意複詞，則菊花出現的頻率可以說是最高的。本文以《全唐詩》
檢索統計發現：唐人九日重陽詩中詞彙出現頻率，就「單詞」而言，
以「菊」出現次數為一百八十八次。就複詞而言，「菊花」出現次數
為四十八次，僅次於「重陽」七十三次，倘若再加上「黃花」三十
二次，「黃菊」十一次，以及「菊蕊」、「野菊」、「芳菊」、「岸菊」、「紫
菊」、「籬菊」等詞彙，詩人以菊入詩的情況則可說是相當的頻繁。
而就如此高的出現率除了因菊花為重陽應景節物有關外，陶潛飲酒
賞菊醉臥的形象，以及菊花迎霜而發，不畏嚴寒而獨綻的生命特質，
更是文人頻頻以菊入詩的重要原因。

> 陽數重時陰數殘，露濃風硬欲成寒。莫言黃菊花開晚，獨
> 占樽前一日歡。（黃滔〈九日〉卷 706，頁 8130）
>
> 待到秋來九月八，我花開後百花殺。沖天香陣透長安，滿
> 城盡帶黃金甲。（黃巢〈不第後賦菊〉卷 733，頁 8384。）

〔註23〕 劉長卿〈九日題蔡國公主樓〉：「籬菊仍新吐，庭槐尚舊陰。」，卷 149，
頁 1529。

〔註24〕 司空圖〈重陽四首〉之二：「雨寒莫待菊花催，須怕晴空暖併開。
開卻一枝開卻盡，且隨幽蝶更徘徊。」卷 634，頁 7278。又如皮日
休〈秋晚自洞庭湖別業寄穆秀才〉：「風搖紅蕉仍換葉，雨淋黃菊不
成香。」卷 613，頁 7066。皆是形容菊花盛開卻因雨摧殘而敗落的
景象。

詩人點出菊花的生長屬性與「獨占樽前」的綻放時間〔註25〕。菊花
爲多年生草本植物，喜涼爽、較耐寒，適合生長的溫度約18～21℃，
〔註26〕因此，於「秋來九月八」之時所有植物皆逐漸枯槁凋萎之時，
菊花卻有著「我花開後百花殺」的生長特色，故正因爲如此，在幾乎
所有的植物皆因寒霜而凋零之後，菊花不畏霜露的綻放，成爲了其植
物最大的特殊性。性喜陰不喜水，又植於高地則佳，不喜烈日，尤畏
初秋烈日，因此北方秋季開花，而嶺南以南則因地暖，多至爲霜始
開。故白居易有「菊暖花未開」（〈九日登巴臺〉，卷434，頁4730）、
權德輿〈嘉興九日寄丹陽親故〉中言：「草露荷衣冷，山風菊酒香。
獨謠看墜葉，遠目遍秋光。」（卷325，頁3649）比之於荷花的生長
規律是一面開花，一面結實，蕾、花、蓮蓬並存，約六月上旬始花，
六月下旬至八月上旬爲盛花期，九月中旬爲末花期〔註27〕，喜熱，
栽植季節的氣溫至少需15℃以上，入秋氣溫低於15℃時生長停滯。
就能看出此者與菊花是屬性相異的兩者，作者看到了草尖上凝結的
霜露、池塘中殘敗的荷葉、枯黃掉落的葉子，滿滿皆是秋日才有的
特殊景色。故由「重陽」詩作中看來，無論是野地上、庭院裡，或
是酒杯中都能夠看到菊花的身影。

　　於「重陽」詩作中爬梳發現，另一種經常出現在「重陽」詩中的
植物則是「茱萸」。其有分爲食茱萸〔註28〕與山茱萸等許多種類，而
常在唐人詩作中出現的爲食茱萸。〔註29〕食茱萸爲芸香科的花椒屬，

〔註25〕〔宋〕周履靖《菊譜》〈治菊月令・九月〉：「九月蕊綻將開之際，必
　　　　預搭陰廠遮蔽風霜，庶花開悠久，色不衰退。……」卷23，頁35。
〔註26〕潘富俊《唐詩植物圖鑑》，臺北：貓頭鷹出版社，2001年，頁127。
〔註27〕參考香港浸會大學中醫藥學院藥用植物圖像數據庫，永久網址：
　　　　http://libproject.hkbu.edu.hk/was40/detail?lang=ch&channelid=1288
　　　　&searchword=herb_id=D00653 搜索日期：2013/04/23
〔註28〕又名吳茱萸，〔明〕李時珍《本草綱目》〈果部〉卷三十二曰：「茱萸
　　　　吳地者入藥，故名吳茱萸。」北京：人民衛生社出版，1982年，頁
　　　　1861。
〔註29〕潘富俊《唐詩植物圖鑑》，臺北：貓頭鷹出版社，2001年，頁152。

因香味特殊故可以作爲香料、入酒或精煉後做爲病蟲防治的效用。
〔註30〕檢視《全唐詩》「九日」、「重陽」詩中描述「茱萸」的詩句共
有三十四首。對於古人而言，在重陽節登高需佩戴茱萸是節日必有的
節俗之一，而此舉早在漢代即有，《荊楚歲時記》：「佩茱萸，食蓬餌，
飲菊花酒，令人長壽。」這種植物香氣濃郁且富有殺蟲消毒祛寒怯風
的功效〔註31〕，自然讓人與保健連結在一起。古人將茱萸裝入布囊之
中，繫在手臂上或者直接將茱萸枝插在頭髮上〔註32〕或入酒〔註33〕，
以達到袚除惡氣，趨吉避凶的效果與「茱萸插鬢花宜壽」（王昌齡〈九
日登高〉卷142，頁1440）的美意，但對於流傳悠久的事物，往往不
僅是著重於「作結繩而爲爲網罟，以佃以漁」〔註34〕的實用功能，而

〔註30〕 鄭武燦編著《台灣植物圖鑑》上冊，臺北：國立編譯館，2000年，
　　　　頁868。
〔註31〕 〔晉〕吳普等述《神農本草經》、〔唐〕王燾《外臺秘要》、〔唐〕
　　　　孫思邈《千金翼方》等，均記載了茱萸的藥用價值，〔唐〕孫思邈
　　　　撰，朱邦賢,陳文國等校注《千金翼方》卷三〈草本中〉：【山茱萸】
　　　　味酸平微溫無毒，主心下邪氣寒熱。溫中，逐寒濕痺、去三蟲、
　　　　腸胃風邪、寒熱疝瘕頭風風氣去來、鼻塞目黃、耳聾、面皰。溫
　　　　中下氣出汗，強陰益精。安五藏，通九竅，止小便利。久服，輕
　　　　身明目，強力長年。一名蜀棗，一名雞足，一名魅實。生漢中山
　　　　谷及琅邪冤句東海承縣，九月十月採實陰乾。【吳茱萸】味辛溫大
　　　　熱有小毒，主溫中下氣止痛欬逆寒熱。除濕血痺、逐風邪、開腠
　　　　理、去痰冷、腹內絞痛、諸冷實不消中惡心腹痛逆氣。利五藏。
　　　　根殺三蟲，根白皮殺蟯蟲，治喉痺欬逆止洩注食不消，女子經產
　　　　餘血，療白癬。一名蔌。生上谷川谷及冤句，九月九日採陰乾。【食
　　　　茱萸】味辛苦大熱無毒，功用與吳茱萸同，少爲劣爾。療水氣，
　　　　用之乃佳。上海：上海古籍出版社，1999年，頁37～38。
〔註32〕 《風土記》曰：「風俗尚九月九日，謂之上九。茱萸到此日成熟，氣烈
　　　　色赤，爭折其房以插頭，云辟除惡氣，而禦初寒。」〔宋〕陳元靚編《歲
　　　　時廣記》卷三十四，《歲時習俗資料彙編》第七冊，1970年，頁1074。
〔註33〕 權德輿〈九日北樓宴集〉「酒泛茱萸晚易醺。」節‧卷325，頁
　　　　3649。又《提要錄》：「北人九月九日以茱萸研酒灑門戶間辟惡，
　　　　亦有入鹽少許而飲之者，又云：「男摘二九粒，女一九粒，以酒
　　　　咽者，大能辟惡。」
〔註34〕 〔魏〕王弼、〔晉〕韓康伯注，〔唐〕孔穎達正義《周易正義》〈繫辭

是另外加上了古人對於此種物質的生活情感。如：

> 那得更將頭上髮，學他年少插茱萸。（朱放〈九日與楊凝崔淑
> 期登江上山會有故不得往因贈之〉，卷 315，頁 3542）
>
> 歸計未成年漸老，茱萸羞戴雪霜頭。（劉兼〈重陽感懷〉之一，
> 卷 766，頁 8693）
>
> 髮稀哪更插茱萸。（耿湋〈九日〉，卷 269，頁 3001）

原本是袚除不祥，驅除邪惡的一種儀式，卻順便帶出了不願意面對的
——「老邁」這個事實。不論是因節物而感知自身年華老去，亦或是
老年客居異鄉未歸，節物的引發再加上歷來探討文人悲秋的形成因
素，秋色的蒼涼與蕭瑟，易讓人多愁善感的文人觸景興情外，四季的
推移變化，從而引發詩人人生一去不復返的「時間意識」，更是悲秋
思想歷久不衰的重要原因〔註35〕，增添了惆悵。

三、動物作息的改變與遷徙

　　季節的變化，氣候的改變影響了植物，也影響著動物的生存活
動規律。《禮記・月令》中提到：「季秋之月，……鴻雁來賓，爵入
大水爲蛤。」說明了古人對於暮秋除了觀察到植物由繁轉凋外，也
察覺到動物因爲氣候變化所作的生活改變也映現在詩人的作品中。
杜甫〈九日五首〉之一「舊國霜前白雁來」（卷 231，頁 2536）身在
南方的詩人看見了南遷的朔雁想起故鄉，也因朔雁的季節遷徙性，
使詩人應視覺物候的轉變而察覺到了季節的轉變。再如：「寂寞風蟬

〔註35〕　下〉第八，臺北：臺灣商務印書館，1975 年，頁 48 下。
〔日〕松浦友久著，孫昌武、鄭天剛譯：《中國詩歌原理》〈中國
古典詩中的春與秋〉一文中便曾言及：「對於人來說，時間意識
是根源於對人生一去不復返的自覺而形成的，……四季的過程是
反覆功能，人生卻是不可反覆的。即由於不帶有推移變化中的反
覆功能，聯繫到這一點，人生與四季又是完全『相反』的。但那
種相反，由於存在於推移功能相似之中（不管是潛在還是顯在），
就不能不被更加對比鮮明地意識到，並造成人生一去不復的印
象。」，臺北：洪葉出版社，1993 年，頁 37～38。

至，連翩霜雁來」（陰行先〈和張燕公湘中九日登高〉，卷 98，頁
1062）、「年年畫樑燕，來去豈無心」（劉長卿〈九日題蔡國公主樓〉，
卷 149，頁 1529）、「燕知社日辭巢去」（皇甫冉〈秋日東郊作〉，卷
249，頁 2811）、皇甫冉於詩作中所言的「社日」為「秋社」〔註36〕，
時間為立秋後第五個戊日，故氣候也逐漸的轉為涼冷的天氣，就動
物學的角度而言，候鳥夏季在北方繁殖區生活，花草、昆蟲、魚產
等等食物豐富繁多，然進入秋季後，北方日照時間縮短，大地逐漸
被冰雪覆蓋，氣候惡劣，環境可利用資源驟減，為生活帶來極大的
威脅，故鳥類為了生存，在秋季就離開繁殖地，遷徙到氣候較為溫
暖的南方越冬，到了春天再回到繁殖地。〔註37〕由於以上的這些原
因促使了生存於北方的候鳥於秋季後須向南方遷徙。又劉商〈重陽
日寄上饒李明府〉：「重陽秋雁未啣蘆」（卷 303，頁 3456）中提到「雁
啣蘆」一事。〔註38〕但詩人是否真的看到雁啣蘆一景，又或者只是
因閱讀上的知識便不得而知。

「九日」、「重陽」詩作之中出現的另一物種則為蟋蟀。《詩經・
豳風》〈七月〉：「七月在野，八月在宇，九月在戶，十月蟋蟀入我床
下。」〔註39〕說明了古人對於蟋蟀的習性早已瞭若指掌，且將蟋蟀
的生活習性看成是另一種觀察結候變化的指標。就詩人言「旅館但
知聞蟋蟀」（劉商〈重陽日寄上饒李明府〉，卷 303，頁 3456）也印
證了詩經裡所說的「九月在戶」。然而，暮秋裡蟋蟀的鳴叫聲已不再

〔註36〕〔清〕董穀士，董炳文撰《古今類傳》卷三〈秋令・秋社〉：「秋社，
　　　卜稼，社饌，贈葫蘆，送燕，雞酒盟，青春語，笙簫一片，打鼓楓
　　　林。」，臺北：藝文出版社，1970 年，頁 346。相傳早在漢代即有「秋
　　　社」，時間為立秋後第五個戊日。

〔註37〕詳文請見顏重威《臺灣的候鳥》，臺中：晨星出版社，2008 年，頁 19。

〔註38〕〔晉〕崔豹《古今注》〈鳥獸第四〉載：「雁，自河北渡江南，瘦瘠
　　　能高飛，不畏繒繳。江南沃饒，每至河北，體肥不能高飛，恐為虞
　　　人所獲，嘗銜長蘆可數寸，以防繒繳。」臺北：商務書局，1966 年，
　　　卷中，頁 5。

〔註39〕〔漢〕鄭元（箋）、〔唐〕孔穎達等（正義）：《詩經・豳風》〈七月〉，
　　　臺北：藝文印書館《十三經注疏》，1982 年，頁 284。

像夏天或早秋時的清澈嘹亮，時斷時續略帶顫音的鳴叫聲變得有氣無力〔註40〕，搭著暮秋絲絲的寒意與細雨〔註41〕更加給人淒冷蕭條之感。又《開元天寶遺事》記載：「宮中秋興，妃妾輩皆以小金籠貯蟋蟀，置於枕畔，夜聽其聲，庶民之家亦效之」〔註42〕特殊的鳴叫聲，使蟋蟀成為秋日時宮中妃妾與平民百姓所豢養的寵物，以資消遣。

第二節　唐詩中寒露與重陽的節令活動

重陽節是在夏曆九月九日。九屬陽類，兩九相重故亦稱重九，兩陽相重則稱重陽。〔註43〕其早在戰國時代已有其名，到漢代已成為固定節日〔註44〕，一路流傳至今，人們有佩茱萸、飲菊花酒、九日登高

〔註40〕〔宋〕賈似道《促織經》〈晚秋看法〉：「晚秋之時，蟲將衰老，餵養尤難。……。」卷22，《百部叢書集成》，臺北：藝文印書館，1983年，頁13。

〔註41〕白居易〈九日寄微之〉：「蟋蟀聲寒初過雨」，卷447，頁5032。

〔註42〕〔五代〕王仁裕著，〔明〕顧元慶輯刊《開元天寶遺事》，臺北：藝文印書館，1966年。

〔註43〕在中國人的數字觀念中，一三五七九為陽數，二四六八為陰，而九為數之極，也稱作「老陽」。由一數到九，就到了盡頭而又得回到一了，所以〔清〕俞樾在《茶香室續鈔》卷七中便說道：「九為老陽，陽極必變。」上海：上海古籍出版社，1995年。而九在卦卜術中，更是代表由盈而虧，由盛轉衰的不吉數字。除了文人的筆記小說可以看到這樣的觀念以外，各省方志中亦普遍流傳著這樣的觀點，如遼寧省《蓋平縣志》歲時部便記載：「昔人佩茱萸囊，飲菊花酒，非漫然也。蓋以九為老陽，九而重之，以九陽已極矣。易云：『亢龍有悔』陽亢則為災，不可不有以解之。」思修、繆荃孫纂，卞惠興編《中國地方志集成》，南京：江蘇古籍出版社，1991年。又有些人過生日也是過十不過九，都是基於上述的觀念。

〔註44〕〔梁〕宗懍《荊楚歲時記》：「按杜公瞻云，九月九日宴會未知起於何代，然自漢至宋未改，今北人亦重此節。佩茱萸、食餌、飲菊花酒云令人長壽，近代皆宴設于臺榭，又《續齋諧記》曰：汝南桓景隨費長房遊學累年，長房因謂景曰：『九月九日汝家當有災厄，宜急去。令家人各做絳囊盛茱萸以繫臂登高、飲菊酒，乃可消景』。如其言，舉家登山夕，還見雞犬牛羊一時暴死。長房

等等之俗。又《歲華紀麗》中所載九日重陽之習俗:「重九登高。重陽佳辰,九旻暮月,鳴鑾戾行宮,商颷凝素籥,白衣酒、戲馬臺、菊制齡、萸繫臂、佩茱萸、賜芳菊、授衣之月、落帽之辰、馬射龍山、黃花綠酒、黍餌、菊杯。」〔註45〕可發現到唐代將這些習俗持續的經營並且通過詩人的「去蕪存菁」使之更具有其時代特色,王公貴族或文人百姓皆會在節日從事休閒娛樂活動,以獲得舒放來消彌平日裡淤積的煩悶。而重陽的氣候涼爽宜人,在加上漢代登高祓禊等的傳說流傳下來,故於此天便會有許多與節令相關活動,如:登高望遠、宴飲菊酒等,因此,許多娛樂消遣的宴集奉和應制作品便因此產生。而唐代亦重陽節俗延續再進化,於詩情畫意中獲得豐富生活,本節將以節氣景況所對應出來的節令活動,並且依照「節令群」做爲探討。

一、爭取青睞的機會——君王的宴飲會

「登高」爲重陽節日主要的節日活動之一,然此習俗對於唐代的君王而言,亦是不能免除的重要活動,君王對於登高宴飲的喜愛與重視,使重陽節日裡的活動頻繁。除登寺、臨亭以祈求祓除災異之外,其中最常附帶舉行的便是與百官們互動活動,或於宴請百官或登高設宴,以同歡消遣。而在這場場人才輩出,菁英雲集的場合,這些官員們要如何在君王獲得青睞,使自己能夠更上一層,便是一大課題。檢索《全唐詩》重陽九日奉和應制詩,共七十首。

在唐代,由於帝王自己本身也舉辦了許多的宴集,故於宴會上也作詩提興,如:唐中宗李顯在一次九日登高之中作「九月正乘秋,三杯興已周。」〔註46〕並於序言「陶潛盈把,既浮九醞之歡,畢卓

聞之曰:『此可以代之矣』。今世人九日登高飲酒,婦人戴茱萸囊。」
臺北:藝文出版社,1965 年,頁 50~51。
〔註45〕〔唐〕韓鄂撰《歲華紀麗》卷三〈重陽〉,《歲時習俗資料彙編》
第三冊,1970 年,頁 104~105。
〔註46〕中宗皇帝〈九月九日幸臨渭亭登高得秋字並序〉,《全唐詩》卷2,
頁 23。其於序言:「陶潛盈把,既浮九醞之歡,畢卓持螯,須盡

持螯，須盡一生之興。人題四韻，同賦五言，其最後成，罰之引滿。」
當時，韋安石、蘇瓌詩先成，于經野、盧懷愼最後成，罰酒，時景
龍三年。只是，面對君王邀宴的場面，眾人雖歡快的應制酬唱，但
心裡卻也思緒萬千，故韋安石於〈奉和九日幸臨渭亭登高應制得枝
字〉言：

> 重九開秋節，得一動宸儀。金風飄菊蕊，玉露泫萸枝。睿
> 覽八紘外，天文七曜披。臨深應在即，居高豈忘危。（卷 104，
> 頁 1094）

褒獎了帝王功勳及金風送爽的氣候後，於末句言「臨深應在即，居
高豈忘危」所帶出的是「居安思危」的隱性思慮。德宗皇帝〈九日
絕句〉：

> 禁苑秋來爽氣多，昆明風動起滄波。中流簫鼓誠堪賞，詎
> 假橫汾發棹歌。（卷 4，頁 47。）

對於宮苑內景緻的變化便無太多的描述，唯首聯「爽氣」點出了暮秋
的舒適氣溫，與頷聯昆明池的波滄對應出一種清澈澄明的景象。並以
漢武帝巡幸河東與群臣宴飲的典故〔註47〕，來形容這次的宴集活動。
又如〈豐年多慶九日示懷〉：「惠合信吾道，保和惟爾同。推誠至玄化，
天下期爲公。」（卷 4，頁 46）御制詩中表達出時遇佳節而強調的豐
收喜悅，與推誠至化的自我期許及天下爲公美好社會的政治理想，且
一併寫下了祈使百官與己能夠保持心志和順，身體安適的願望。

　　對於人臣而言，如何得到君主的賞識及歡心是首要的條件。然而
君王對於己身是否喜愛，均是無法預測的事情，故使得爲人臣者如履
薄冰，兢兢業業，深怕自己惹君王不快，重則殺身，輕則貶謫的災禍

　　一生之興。……」將陶潛率性坐臥東籬與畢卓嗜酒成癖的典故引
　　用入序，以展現出期許參與九日宴飲的臣子能夠盡興之情。
〔註47〕據《漢武故事》，漢武帝嘗巡幸河東郡，在汾河樓上與群臣宴飲，自
　　作〈秋風辭〉云：「泛樓舡兮季汾河，橫中流兮揚素波。」故言「橫
　　汾」是以此爲典，王根林、黃益元、曹光甫校點《漢魏六朝筆記小
　　說大觀》上海：上海古籍出版社，1999 年，頁 176。

降臨。

　　唐時期，重要的政治改革屬科舉制度與均田制，也因爲這樣的制度，使文人可以從地方走向中央，獲得一官半職，爲國家盡一份心力。然在朝野之中，人才濟濟，如何能夠脫穎而出，獲得帝王的青睞及寵愛，固然便成了最須要關心的問題。這也成了文人們製作詩作時的另一種潛在心思，其作品是作者意識的經驗；經驗具現爲文學，靠著作者在心靈中努力地進行以語言建構經驗、並尋求了解經驗的持續鍛鍊，而這種融合「生活的經驗」和「意識的活動」的創造，即是融合人對主客之感知的創造。爲了透入這一意識活動，讀者也必須翻展出一套主客合一、系統地同情了解的方法，嘗試去再創造具現存在作品本文中的經驗；把自己投處在與作者相同的界域和經驗裡，觀察存在的經驗和認知的活動（act of cognition），正是文學理論中所提到的「讀者反應批評」（reader-response criticism）的目的所在。官員們對於這一場場的宴會中應制出來的詩作，所暗藏的弦外之音是否能夠讓君主能夠感受到？其隱性的訴求便是這一首首應制詩中所想要表達的主要目的：

> 清切絲桐會，縱橫文雅飛。恩深答效淺，留醉奉宸暉。（蘇瑰〈奉和九日幸臨渭亭登高應制得輝字〉，卷 46，頁 562）
>
> 聖澤煙雲動，宸文象緯迴。小臣無以答，願奉億千杯。（盧藏用〈九日幸臨渭亭登高應制得開字〉，卷 93，頁 1002）
>
> 簫鼓諧仙曲，山河入畫屏。幸茲陪宴喜，無以效丹青。（楊廉〈奉和九日幸臨渭亭登高應制得亭字〉，卷 104，頁 1094）

絲桐古樂簫鼓諧奏，譜出鸞吟鳳唱悠美樂曲。以詩歌讚頌帝王偉業及文采，並且感激賜宴的賞識，言己身「無以效丹青」、「無以報玄功」，表現出始終不渝，願爲國家君主效力的立場。對於唐代仕人而言，皓首窮經便是爲了有朝一日能夠一展自己的對於政治的偉大抱負，在這場能夠與君主直接面對面的宴會之中，雖沒有直接的把自己的訴求坦率的陳述出來，但經由這些歌功頌德的應制詩，也隱約的能夠感受到

作者對於賜宴一事所感到的榮耀及感激，而其中所帶有隱性企圖，便是能夠得到上司的器重，希望聆聽的君王能夠正確的感受到自己期待效忠朝廷的心思。

二、獨醉與共醉——文人之間的節令活動

唐代人民對於節令的熱衷，除了因爲大環境的盛行，唐代政府配己給官員休假期亦多〔註48〕，重陽時便放了十五天的授衣假〔註49〕。授衣假的名目源於《詩‧豳風》：「九月授衣」。意在「九月霜始降，婦功成，可以授冬衣矣。」授衣假的時間大致是與重陽節同時。而以授衣爲名義，表示朝廷對官員的眷顧，讓臣子們多可利用這段較長的假期「授衣還鄉里」，度過輕鬆時光，故於京中任官的官員們，會利

〔註48〕《唐六典》：「謂元正、冬至各給假七日，寒食通清明四日，八月十五日、夏至及臘各三日。正月七日‧十五日、晦日、春‧秋二社、二月八日、三月三日、四月八日、五月五日、三伏日、七月七日‧十五日、九月九日、十月一日、立春、春分、立秋、秋分、立夏、立冬、每旬，並給休假一日。五月給田假，九月給授衣假，爲兩番，各十五日。私家祔廟，各給假五日。四時祭，各四日。父母在三千里外，三年一給定省假三十五：五百里，五年一給拜掃假十五日，並除程，五品已上並奏聞。冠，給假三日；五服內親冠，給假一日，不給程。婚嫁，九日，除程。周親婚嫁，五日；大功，三日；小功，一日，不給程。齊衰周，給假三十日；葬，三日；除服，二日。小功五月，給假十五日；葬，二日；除服，一日。緦麻三月，始假七日；葬及服除皆一日。周已上親皆給程。若聞喪舉哀，並三分減一。私忌給假一日，忌前之夕聽還。五品已上請假出境，皆吏部奏聞。」（卷2，頁35）除了《唐六典》所記載的假寧外，於《唐會要‧休沐》條列更詳細的紀錄，故在此不贅述。（詳見〔宋〕王溥撰：《唐會要》卷82，上海：上海古籍出版社，1991年，頁1518～1521。）

〔註49〕〔宋〕李昉《太平御覽》卷六三四所引唐代假寧令稱：「諸入內外官，五月給田假，九月給受（授）衣假，爲兩番，各十五日。田假若風土異宜，種收不等，通隨〔便〕給之。」，北京：中華書局，1960年，頁1974。此條雖沒有註明時間，但與《唐會要》卷八二所載開元二十五年正月定制完全相同。

用此假期，或返鄉或與朋友交流出遊：

> 小園休沐暇，暫與故山期。樹杪懸丹棗，苔陰落紫梨。舞
> 叢新菊遍，繞樹古藤垂。受露紅蘭晚，迎霜白薤肥。上公
> 留鳳詔，冠劍侍清祠。應念端居者，長慚補袞詩。（李吉甫
> 〈九日小園獨謠奉寄門下武相公〉，卷 317，頁 3581）

趁著休假暫返家鄉，稍作休息與心靈整頓之後，再返回朝中當一個規
諫君王的諫言者。亦有未放假於宮中值班者：

> 賜酒盈杯誰共持，宮花滿把獨相思。相思只傍花邊立，盡
> 日吟君詠菊詩（白居易〈禁中九日對菊花酒憶元九〉，卷 437，頁
> 4843。）

無法與親友共過節日的相思滿滿的現影在詩裡，只能望著這斟滿酒的
酒杯與本應該與友人同看的綻放花朵，吟誦出對於友人滿滿的思念
〔註50〕。對於菊花，唐人是有滿滿的激賞，認其為高貞亮節的象徵，
〔註51〕且菊花又有延年益壽的象徵意義，故詩人除了以菊花為精神的
表徵外，也期望自己與親友能夠健康長壽。又武元衡〈九日致齋禁省
和中書李相公〉「休沐限中禁，家山傳勝遊。露寒潘省夜，木落庾園
秋。蘭菊迴幽步，壺觴洽絕儔。位高天祿閣，詞異畔牢愁。孤思琴先
覺，馳暉水競流。明朝不相見，清祀在圜丘。」（卷 317，頁 3569）
無法與朋友家人一同共過節日，獨酌的惆悵感，雖位於「高天祿閣」
卻因此「異畔牢愁」。但尋訪友人，偶爾也有「尋君不遇又空還」（韋
應物〈休暇日訪王侍御不遇〉，卷 190，頁 1956）的窘境，雖如此，

〔註50〕元稹製〈菊花〉一首，白居易和之。「秋叢繞舍似陶家，遍繞籬邊日
　　　漸斜。不是花中偏愛菊，此花開盡更無花」，卷 411，頁 4560

〔註51〕黃永武《中國詩學‧思想篇》〈詩人眼中的梅蘭竹菊〉：「菊，他不
　　　在春花中競豔，偏在秋霜中抖擻。在詩人眼中，他沒有趨時的習
　　　性，具有了幽人隱逸的標格；又沒有臨難苟免的念頭，兼具著烈
　　　士受難的精神。這是恬退而又進取的性格，乍看似乎是二重的，
　　　矛盾的，卻同時塑成了菊的靈魂。晉代的袁山松就歌詠他說：『春
　　　露不染色，秋霜不改條。』春露不染色是恬退的『隱士』；秋霜不
　　　改條，是堅毅的『受難者』，自來中國詩人對於菊的喜愛，就是因
　　　為兼含這二種個性。」臺北：巨流出版社，1967～1992，頁 32。

卻也促進人與人之間的交流溝通機會。

　　相約登高、宴飲唱和，皆是重陽詩中常見的景況，計重陽九日詩
中，記載文人活動者，共一百五十四首。其或與貴族聚會或與友人唱
和詩作：

> 風俗尚九日，此情安可忘。菊花辟惡酒，湯餅茱萸香。雲
> 入授衣假，風吹閒宇涼。主人盡歡意，林景畫微茫。清切
> 晚砧動，東西歸鳥行。淹留悵爲別，日醉秋雲光。（李頎〈九
> 月九日劉十八東齋集〉，卷132，頁1341）

菊花酒、湯餅、茱萸等風俗節物，交織出授衣假裡賓主盡歡的悠閒
光景，也暫時忘卻了秋帶給人們的惆悵情緒。又如獨孤及〈九月九
日李蘇州東樓宴〉：「是菊花開日，當君乘興秋。風前孟嘉帽，月下
庾公樓。酒解留征客，歌能破別愁。醉歸無以贈，祇奉萬年酬。」
（卷247，頁2775）宴飲歌舞替在異地過節的征客，暫時沖淡了些
許的鄉愁，也替這作客他鄉的旅人建立了孟嘉落帽的灑脫〔註52〕。

　　對於人們而言，能與親友們過節，便是人生的至樂。但常常是事
與願違的：

> 薊庭蕭瑟故人稀，何處登高且送歸。今日暫同芳菊酒，明
> 朝應作斷蓬飛。（王之渙〈九日送別〉，卷253，頁2850）

> 送人冠獬豸，值節佩茱萸。均覆微三壤，登車出五湖。水
> 風淒落日，岸葉颯衰蕪。自恨塵中使，何因在路隅。（司空
> 曙〈九日送人〉，卷293，頁3334）

> 登高復送遠，惆悵洞庭秋。風景同前古，雲山滿上游。蒼

〔註52〕然觀察唐人九日重陽詩歌的用典情況可以發現，最爲詩人所習用
　　　　的典故爲孟嘉龍山落帽和陶潛白衣送酒二則典故。而近一步加以
　　　　統計可以得知，使用「白衣送酒」典故的共有二十二首，其中直
　　　　用其事者爲十三首，反用其意者有九首；而運用到「孟嘉落帽」
　　　　典故有二十六首，其中直用其事者有十五首，反用其事者有十
　　　　一首。在數量上雖以直用其事出現的次數較多，然而就情感表現
　　　　的層次來說，則以反用其義的方式深刻且強烈的呈現出詩人的情
　　　　感與思想。

蒼來暮雨，淼淼逐寒流。今日關中事，蕭何共爾憂。（劉長
卿〈重陽日鄂城樓送屈突司直〉，卷147，頁1500）

登高的風景依舊，但卻必須在這個大家愉快相聚的日子送朋友遠行任
官，在這樣的情況下不免有些不捨，今日一同歡樂，明朝便各奔前程。
往後相見的日子遙遙無期，相隔如此遙遠也不知道是不是能夠再聯繫
上，這樣的離別再加上暮秋的景色催化，惆悵感油然而生。

　而今日相聚共飲的光景若不復存在，便會有「九秋良會少，千里
故人稀」〔註53〕的感歎，而此亦是一種令人難過的折磨。人生無常世
事難料，須把握當下的相處並將美好的事物盡收心底。否則，不曉得
往後的同一個時刻，是否也能像今日這般相聚：〔註54〕

簪茱泛菊俯平阡，飲過三杯卻惘然。十歲此辰同醉友，登
高各處已三年。（鄭絪〈九日登高懷邵二〉，卷317，頁3582）

忽憶郡南山頂上，昔時同醉是今辰。笙歌委曲聲延耳，金
翠動搖光照身。風景不隨宮相去，歡娛應逐使君新。江山
賓客皆如舊，唯是當筵換主人。（白居易〈九日思杭州舊遊寄周
判官及諸客〉，卷446，頁5012）

門底秋苔嫩似藍，此中消息興何堪。亂離偷過九月九，頭
尾算來三十三。雲影半晴開夢澤，菊花微暖傍江潭。故人
今日在不在，胡雁背風飛向南。（齊己〈庚午歲九日作〉，卷846，
頁9572）

昔日登高同飲共醉的朋友，今朝已不曉至何方。宴席上的出席的賓客
與往年是同樣的名單，但唯一不同是舉辦筵席的主人已不是當時的親
故。故人不在，而江潭邊的菊花與南飛的雁鳥，依舊循序的自然的法
則不變的生存著：

─────────────

〔註53〕王勃〈九日懷封元寂〉「九日郊原望，平野遍霜威。蘭氣添新酌，
　　　花香染別衣。九秋良會少，千里故人稀。今日龍山外，當憶雁書
　　　歸。」，卷56，頁684。
〔註54〕「老去悲秋強自寬，興來今日盡君歡。羞將短髮還吹帽，笑倩旁人
　　　為正冠。藍水遠從千澗落，玉山高並兩峰寒。明年此會知誰在，醉
　　　把茱萸子細看。」杜甫〈九日藍田崔氏莊〉，卷224，頁2403。

> 「經驗聯想」其實是人之「心理域」，因爲曾經在某一特殊
> 之物象所形成之「境域」中，發生某一深刻的情事經驗；
> 當事過境遷，此一經驗便成爲「記憶」而被儲存於深層意
> 識中，而那個「境域」印象也被「符號」化；當在另一個
> 場所，又遇見雖爲不同卻有「類似性」的「境域」，則「境
> 域」的符號性便產生「喚回記憶」的效用。〔註55〕

當在另一個場所，遇見雖爲不同卻有「類似性」的境域，會使人產生
「喚回記憶」的效用。然在相同的場所，也就更不需多言那物是人非
的失落感與唏噓，所喚起的過往美好記憶，令人感覺愉快。而那些時
移境遷的惆悵感和孤單自然會隨之增加。

三、放任思緒的拔河——獨處的孤寂

　　節日的來臨是一年之中可以獲得紓壓休憩的日子，而這樣的日
子裡，必然會想與家人、朋友共渡。對於古人而言，節日的重要性
是可以使家人團聚，聯繫親友之間的情感。但若身處異鄉無法返家
過節，或沒能與朋友一同享受節日帶來的歡樂，心裡惆悵與鬱悶可
想而知：

> 他鄉共酌金花酒，萬里同悲鴻雁天。（盧照鄰〈九月九日登玄
> 武山〉，卷42，頁532）
> 九日陶家雖載酒，三年楚客已霑裳。（崔國輔〈九日〉節·卷
> 119，頁1205）
> 心意舊山何日見，並將愁淚共紛紛。（權德輿〈九日北樓宴集〉，
> 卷325，頁3649）

就算在他鄉飲酒亦有應景的酌飲，卻因身處於異鄉而沒能真正的開
懷入心。欲以陶白衣贈酒任性自適的典故，來僞裝自己的灑脫，但
卻無法如願。流離在外不知何時能夠返鄉的思鄉情愫，眼淚早已爬

〔註55〕顏崑陽〈從感應、喻志、緣情、玄思、遊觀到興會——論中國穩典
　　　　詩歌所開顯「人與自然關係」的歷程及其模態〉，收錄於蔡瑜編《迴
　　　　向自然的詩學》，臺北：國立台灣大學出版中心，2012年，頁14～
　　　　15。

滿了胸前的衣襟。陳啓佑於《唐代山水小品文研究》中將離鄉背井
的主因分爲四：

> 大體而言，離鄉背井的主因有四端。因戰亂而離鄉，在唐
> 代十分普遍，唐代自天寶亂起，內亂外患迭起，有無數的
> 唐人都因避難而流落他鄉，此其一。由於打仗需要，不論
> 武將或兵卒，難免征戌，面對帶著死亡的戰爭，對家鄉的
> 想念自然益深，此其二。唐代以科舉取士，人人皆有出仕
> 的機會，故離鄉求取功名的學子相當多，或負笈他鄉求學，
> 或赴京趕考，此其三。第四個因素則爲遊宦，或調遷，或
> 貶謫，總是要羈旅他方，尤其對逐臣而言，懷念家園之情
> 更是濃得化不開。一提起故鄉，歸心更是似箭。〔註56〕

然不論是因戰亂流離、打仗征戌、科舉出仕或貶謫遷調等許多因素，
皆因重陽中的節令活動——「登高」將心中思鄉的情緒更加引導出來：

> 茱萸房重雨霏微，去國逢秋此恨稀。目極暫登臺上望，心
> 遙長像夢中歸。（徐鉉〈九日雨中〉卷753，頁8568）

> 重陽不忍上高樓，寒菊年年照暮秋。萬疊故山雲總隔，兩
> 行鄉淚血和流。（劉兼〈重陽感懷〉，卷766，頁8693）

> 異國逢佳節，憑高獨苦吟。一杯今日酒，萬里故園心。（韋
> 莊〈婺州水館重陽日作〉，卷698，頁8036）

不同於平日的活動範圍及視覺角度，登高望遠打破了位居地面時必
然會有的限制，也提供了「顯敵而寡仇」的「視域」，更不經意的帶
出了素日埋藏在心裡的情緒。反映出「高臺多悲風」建築特質與「觀
者」物以情觀的情感象徵〔註57〕，因此對於無法返回故鄉獨自過節
的詩人們，也在默默之中提升了抑鬱的情緒。金聖歎言：「九日登高
詩，從來都用眼淚磨墨。此獨盡廢古調，別發夏聲。看他起便指青

〔註56〕陳啓佑《唐代山水小品文研究》，中國文化大學中國文學研究所博士
論文，1985年，頁95
〔註57〕詳文請見，柯慶明《中國文學的美感》〈從「亭」、「臺」、「樓」、「閣」
說起——論一種另類的遊觀美學與生命省察〉，臺北：麥田出版社，
2006年二版，頁289、292～293。

山，言遠遠近近，盡帶皇州。則知無一處登高，無不乃心王室者也。……」〔註58〕，然對於這些眼淚磨墨作出來的詩句，筆者認爲，不論是面對青山或者登樓遠眺，都是藉由著這些舉動，讓思鄉的詩人們得以抒發一點思念的情緒。

　　除了異鄉登高使得詩人感到寂寞感倍增，且情緒愁苦到「鄉淚血和流」以外，在飲醉之後的情緒應也是無以復加的沉重：

>　　強插黃花三兩枝，還圖一醉浸愁眉。半床斜月醉醒後，惆
>　　悵多於未醉時。(鄭谷〈重陽夜旅懷〉，卷 677，頁 7761)
>
>　　明日更期來此醉，不堪寂寞對衰翁 (司空圖〈重陽山居〉，節・
>　　卷 632，頁 7250)

在這本是該與親友共同登高望遠、賞菊賦詩、舉杯酌觴的日子，獨自一人的於異鄉渡過，心裡的愁緒爬上眉頭久久無法舒展，想藉著飲醉來舒緩自己的哀傷，不料卻適得其反。反而讓比尙未喝醉時多出了更多的惆悵爬上心頭。據《本草綱目》記載：「酒能形諸經不止。」「味之辛者能散，苦者能下，甘者居中而緩。用爲導引，可以通行一身之表，至極高之分。」〔註59〕可見酒入體內能夠達到通行經絡，快速遍部全身的效用〔註60〕。而傳統醫學認爲身體的各部位包括身心爲一個迴路，而整體爲一個充滿氣的空間，並以「氣」的流動來說明身體及心、神的關係〔註61〕，故對於酒之於人身心的影響，是

〔註58〕〔清〕金聖歎編著《聖歎選批唐才子詩》，臺北：正中出版社，1987年，頁 38。又元結〈峿台銘〉：「古人有蓄憤悶與病於時俗者，力不能築高台以瞻眺，則必山顚海畔伸頸歌吟以自暢達。」〔清〕董誥等編《全唐文》卷 382，北京：中華書局，1983 年。

〔註59〕〔明〕李時珍《本草綱目》，引王好古之說，卷二十五，北京：人民衛生社出版，1982 年，頁 1559～1560。

〔註60〕Wolfgang Schivelbusch 著，殷麗君譯《味覺樂園──看香料、咖啡、菸草、酒，如何創造人間的私密天堂》中提到：「依據現代科學的研究，酒精進入血液的速度強過一般固體食物，效果現而易見，可立即觀察得到。」臺北：藍鯨出版社，2001 年，頁 175。

〔註61〕參見蔡壁名《身體與自然》，臺北：國立台灣大學出版委員會，1997年，頁 129～145、327～328。

形神具現身心具在的：

> 人的存在並不是一個孤立的個體，而是面對世界具有行動
> 與反應能力的身體主體，酒醉後的身心在改變的同時仍然
> 不斷向外投射，凝聚多變的環境氛圍，牽動著身體與世界
> 的對話關係。〔註62〕

酒改變身體空間，同時也改變了身心的情意結構，有消愁遣興的效用，另一個則是「愁腸酒入」膨脹自身鬱結情緒的效果。所以，酒後醉境不受意識控制的身心狀況〔註63〕導致了詩人深深的陷在的思鄉與思友的寂寞空間之中。

綜合上述，對於那些離鄉背井的詩人而言，過節的煎熬，不得與親友同樂的苦悶，皆因自身過節緣故而將這些苦楚描繪得更加明顯，而達到無法自拔的情況。

小　結

本章以九日重陽的詩作做為文本對象，將其內容分為物候現象與節令活動兩個面向討論，企圖將九日重陽詩作中的自然物候變化與節令活動對於文人的影響，進行全面考察。其結論如下：

在自然物候方面，九日重陽詩中，詩人從天氣變化開始，暮秋氣溫的逐漸涼爽，偶帶微雨的天氣情況，造成了九日重陽詩作描寫中時有霽色時有暮雨的情況。然對於天氣變化，筆者將自然科學的論證帶入，期盼能夠使文本中所形容的狀況，能夠更清晰。又於九日重陽詩中亦有與節序不符的自然災害，於此也另立一節做為討論，以能夠更井然有序的了解九日重陽的天氣變化與異常現象。

〔註62〕 蔡瑜〈從飲酒到自然——以陶詩為核心的探討〉，《臺大中文學報》
　　　　第二十二期，2005年6月，頁243。

〔註63〕 蔡瑜〈從飲酒到自然——以陶詩為核心的探討〉：「酒入體內『可以
　　　　通行一身之表』，其快速導散的作用，足以改變身體內部的空間結
　　　　構，酒醉後身心具現出的伸展幅度與情境投社，⋯⋯。尤其，意識
　　　　層的退隱，先意識層的綿延，以酒鄉的情境，做為身心安居的所
　　　　在，⋯⋯。」《臺大中文學報》第二十二期，2005年6月，頁233。

　　再者，以九日重陽的植物生態習性爲探討，發現其植物對於節令活動的意義與療效，並佐以醫書所記載的效用，以明白除了爲該花盛產花季以外，能夠讓古人使用並賦予特殊義意的原因。後將動物的生態遷習做一爬梳了解，以印證出在《禮記·月令》中出現並在九日重陽詩中一再被提到的動物遷習之因。

　　在人文的節令活動方面，將其分爲與君王的宴會活動、文人之間的節令活動與孤獨過節三種模態爲討論，爬梳出官員在應酬場合中，對於期盼獲得君主的青睞的心情，與在跟朋友相處時的愉快及無法相見時的惆悵。最後以獨處文人的過節心境做討論。爬梳文人的期待、思念親友與故鄉的情緒。後筆者認爲秋不僅是古人所說的「悲哀、傷」的季節，秋，更是收穫的季節，有更多的情緒，是圍繞著收穫的喜悅而進行的。詩人悲秋傳統依從宋玉開始，後延續了一個龐大的脈絡，使得後人研究往往只記得悲秋情懷，卻遺忘了只屬於秋天收穫的喜悅之情。

第四章 「清明」與「重陽」詩的歷時性變化與節日情思

    節氣變化影響著自然環境與節日民俗景象，通過詩人自然的聯想和豐富的想像力勾起了各種複雜的思緒和情感。也因這些節俗的多樣性，使詩人有更廣闊的空間抒寫更複雜得內心情感。然思鄉是人類最普遍的情感之一，「每逢佳節倍思親」、「遍插茱萸少一人」（王維〈九月九日憶山東兄弟〉，卷 128，頁 1306）已經成了異地過重陽節的最佳寫照。而異地他鄉的節日氛圍往往能夠觸發遊子對於故鄉、親人、故土的自然景物和風俗人情產生許多美好的回憶。本章將聚焦於「清明」與「重陽」節令群中所見詩人的情思，以安史之亂作為分界點，爬梳唐代詩人歷經安史之亂後的詩文情感轉折，逐一探討節氣與節令的軸線變化、戰爭對「清明」與「重陽」詩的影響、遭貶文士的過節情思、在異鄉過節所浮現的家園、老病過節的時間流逝感。

第一節　節氣與節令的軸線變化──以安史之亂為轉折點的觀察

    在天寶十四載（755）開始，於寶應二年（763）二月結束，唐代的政策、經濟、民生，皆隨著這歷時七年又兩個月安史之亂變得

貧敗不堪，重創了唐代從初唐時期一路建立起來的功業：

> 安史亂天下，至肅宗大難略平。君臣皆幸安，故瓜分河北
> 地付授叛將，護養孽萌，以成禍根。亂人乘之，遂擅署吏，
> 以賦稅自私，不朝獻於廷。……以土地傳子孫，脅百
> 姓。……一寇死，一賊生，訖唐亡百餘年，卒不爲王土。
> 〔註1〕

藩鎮的驕橫，宦官朋黨的烈禍，一波又一波的侵擾著中晚唐的局勢。
社會的紛擾，流寇橫行，燒殺擄掠，百姓生處期間，痛苦可知。安
史之亂，爲唐朝由盛轉衰的轉折點，戰亂雖平定，但其部將勢力並
未完全消滅，藩鎮割據的局勢由此形成，其戰亂之處，經濟遭受嚴
重的破壞，吐蕃對唐的侵擾也日益繁增，國力大爲衰弱不復如前。
因此，也帶來文人重新思考社會價值觀的浪潮：

> 「天」與「上古」，或者說「天與人」，即天地化生萬物的
> 自然領域以及人類創見社會制度的歷史領域，代表了規範
> 的價值觀（norma-tive values）的兩個重要來源。……這種
> 文明奠基於古人的典範與「自然秩序」所昭示的文
> （pat-terns）之上。但是，唐宋學者也看到了，在政治陷入
> 危機的時後，斯文會喪失。爲了挽救斯文，挽救時代，學
> 者們總是能回到上古和自然秩序，以此作爲共同認可的規
> 範的基礎。在初唐，歷史和自然這兩個領域並沒有被看作
> 是互不相容的。公元 7 世紀，唐朝學者會努力融合傳統中
> 的這兩支分流，藉此建立一種文化的綜合型態，以支持新
> 統一的國家。對他們來講，宇宙之理和古人的文明是和諧
> 一致的。……，在公元 8 世紀後半期，唐朝面臨著帝國分
> 裂和藩鎮叛亂，那些爲了挽救斯文的文士（literary
> intellectuals），開始談論「聖人之道」與「古人之道」。聖人
> 在這裡不再師法宇宙，目光轉向了「人事」，他們體察並順
> 應人情之常。〔註2〕

〔註1〕 〔宋〕歐陽修，宋祈撰《新唐書》〈藩鎮魏博傳序〉，卷210，台北：
台灣中華書局，1965 年，頁 5921。
〔註2〕 〔美〕包弼德著，劉寧譯《斯文：唐宋思想的轉型》，南京：江蘇人

從初唐時期，朝廷的學者們遵循古人典範與自然秩序開始，依循師法著先人典籍所提出文學傳統，一切以其爲主要指標，來作爲統一和提供帝國初建時的一個典範，並表明如何參與其中。成功了扭轉了歷史的衰落過程，比肩了漢代與上古的周朝。〔註3〕許多人亦相信這樣的政治教化與傳統的保持，爲一個和諧的整體，延續綿長。然自 755 年安史之亂爆發後，不僅是政治的局勢，連文化也出現了不同於初盛唐時宗法於古聖先賢典籍，將其奉爲榜樣的情況，而此點也呈現於寒食清明詩之中。

表一：唐代各期上巳、清明、寒食、重陽九日、寒食詩作數量

	上巳三月三	清明	寒食	重陽九日	寒露
初唐 （618～713）	23	8	20	88	5
	51			93	
盛唐 （713～766）	15	10	16	50	2
	41			52	
盛、中過渡 （755～763）	10	17	17	58	10
	44			68	
中唐 （766～836）	24	27	85	55	7
	136			62	
晚唐 （836～906）	13	55	98	126	9
	166			135	

由上表可觀察出，從初唐時期的寒食、清明詩作數量差距爲 12 首，盛唐爲 6 首，在中唐以後，數量的差距暴增到 58 首，到了晚唐爲 43 首。若依筆者於第二章所呈現的清明與寒食的差異性來談，清明屬自然節氣，天地運行所產生的變化；而寒食，則屬人文風格較強

民出版社，2000 年，頁 2。
〔註3〕詳文請見，〔美〕包弼德著，劉寧譯《斯文：唐宋思想的轉型》，南
　　　京：江蘇人民出版社，2000 年，頁 113。

烈的人事關懷層面，由此可知，安史之亂後對於節令活動也帶來了一定的影響。整個唐代的興衰，可以分成幾個階段，每一個階段的變遷，都引起了政治、經濟、文化各方面的轉變。文學的步調，也隨著有所因革。唐代的第一個於政治上較大的變動，是中宗後的后妃之亂，武后時，除了外族伺機侵擾外，宮廷內部的政治鬥爭，也使不少文人因此遭殺戮貶竄。在這以前，文壇上還是一片彩麗競繁的南朝文風，經過了這一次的變動，人們已經不再只是將目光與觀注的焦點，停留在對於大自然的關懷。羅根澤《晚唐五代文學批評史》言：

> 第一次的崩潰，使文章由繁縟緣情，轉於簡易載道……，
> 而詩歌則仍然躲在象牙之塔，不肯與人世接近。〔註4〕

而後，玄宗立，政治上興起一番新氣象，文學上自然亦會有所變動。然此次變動，遠不及下一個變動嚴重。在開元、天寶年間的太平歲月裡，社會上存有著貧富差距懸殊的隱憂，然這樣的隱性病態毒瘤，到了安史亂起時，終於爆發了。這次的教訓，不僅粉碎了唐代大國統治者昇平久治的迷夢，後續也帶給了大唐無窮的禍底。京都殘破，貴族橫遭殺戮，人民痛苦流離，詩人也懷著哀傷之心，夾雜在流浪難民潮裡。也因此，在第二次崩潰之後，才使詩人也感覺到社會沒落的嚴重，放棄了藝術的文學，提倡並創作人生的文學。然安史之亂前，詩的作風，其實已逐漸演變成多樣化，有因時代承平，而發展出獨抒情性的浪漫詩、山水詩，亦有慷慨豪壯的邊塞詩，更有在安史之亂前後，發展承的社會寫實詩。然也因安史之亂後社會的崩潰，才使詩人提倡並創作人生文學，人們對於「人」的關懷大過於自然，在如何省思解討改進的範疇思緒之下，寒食節令的作品也就多過了自然的清明節氣。而在九日重陽方面，在晚唐達到了 126 首，比較於初盛中唐的詩作數量，明顯的高過許多。九日重陽所帶表期許人們能夠的「老壽」與「身健」意涵在晚唐時備受重視。另一個詩作數量增加的原因為，重陽屬暮秋，草木逐漸枯委的季節，古代

〔註4〕 羅根澤《晚唐五代文學批評史》台北：台灣商務印書館，1996年。

文士的入仕主旨爲「以天下國家爲己任」，歷代士人的普遍共識是以天下憂患爲己任，他們常常最先查覺到社會的危機，卻往往只能坐視其走上敗亡之路而無法力挽狂瀾。他們的命運有濃厚的悲劇色彩，內心深處也有強烈的憂患意識。對上晚唐政治的紛亂，朋黨的爭鬥等等，觸發了詩人「悲秋」的無奈與感慨投射成對於政治的無能爲力無所適從。

另一個屬於暮春所擁有的「上巳」修禊。上巳，從周代時屬於神靈崇拜的祭祀祓禊，到魏晉南北朝轉爲文人伏仰天地親近自然的詩作唱酬，延續至唐代，以禊樂爲主。因此，中唐時，可看出上巳不再像初唐時的熱衷，其所具有的對於神靈的崇拜與自然的崇敬的內涵，已成爲人們思考活著的意義、處境和未來的新反思。而到宋代時，雖仍有對上巳時春日思慕之情的描摹作品，但已不再像唐代時如此繁華且興盛。

可從上表發現，初唐時，朝廷及人民仍延續著自古流傳下來的節俗活動，於曲江舉辦大型的君臣宴飲，百姓亦前往曲江臨水遊樂，故詩作數量爲 23 首。至盛唐時，因武后竄政，外族伺機侵擾，宮廷內部的政治鬥爭，也使不少文人因此遭殺戮貶竄，故詩作數量逐漸的減少。於安史之亂爆發時，爲唐代三月三上巳詩作量最少之時，僅 10 首。此時，唐代的乾坤色變，輝煌不再，天下分崩離析，曾爲上巳最繁華的戲遊景點——曲江，也自繁華而衰敗冷清，《資治通鑑》載：「時海內久承平，百姓累世不識兵革，猝聞范陽兵起，遠禁震駭。」〔註 5〕玄宗天寶十四載（西元 755 年）安史亂軍攻陷洛陽，百姓驚駭，廣大的人民陷入了死亡與恐懼的深淵。而到了安史之亂後的中唐，唐代社會經濟在戰亂後遭到全面破壞，特別是農業生產受到的摧殘最爲嚴重。但爲應付戰爭的需要，朝廷的財政支出卻大爲增加。百姓們賦稅負擔高於戰亂之前。然如此高的賦稅，卻無法彌補戰爭

〔註 5〕見《資治通鑑》，卷 217，頁 6935。

所帶來的虧損。長久以來的隱性問題，一件一件的爆發開來，政治的腐敗，戰爭不止，外憂內患不從未停歇，軍費的大量開支，造成了財政上的危機。朝廷試圖要彌補掩飾對於政權的失敗，故在文學上重樹中央權威的威嚴﹝註6﹞，然上巳詩作數量上也看到了明顯的增加，興許是上巳所代表的臨水修禊祓除不祥的節令教化意義，使文人們增添了創作的興趣，故上巳詩作的數量從盛、中過渡期的 10 首增加爲 24 首。在唐開國的最初五年，朝廷詔令學者重新考察過去的歷史、文學創作、禮制以及經學，以便爲現實樹立榜樣。安史之亂後，這些原本以爲是榜樣的教化之語，卻一夕之間變成了人們心中的疑問句。故安史之亂後，文士們重新的將這些爬梳整理，重新的建構出新的思維觀。強調了寫作的社會和政治角色，文章不再只是華美不實的文學賣弄，或典範權威，而是更需具有協調政府與人性的功用。然這仍是欲彌補衰敗的假象，欲蓋彌彰。這些用心，在黃巢之亂（875 年）時，便發現社會根本無法作全面的改革，而文學家的救世與詩人的刺世，雖不能說絲毫無補救政教的情況，然補者實在有限。對社會而言，所補有限；對個人而言，則救世刺世皆不見容於世。所以在此次崩毀之後，文章家與詩人多半放棄了救世與刺世的理想，而反回來救自己；由救世刺世的文章，轉變回自娛娛人的文學。故據有祓除不祥、臨水修禊的上巳節便已不在興盛，畢竟，戰爭離亂後的社會一片殘破，文人們對於經世濟民已不抱有希望，而倣效魏晉文人的臨水修禊的雅事，亦在這離鄉背井無以溫飽的情況之下，不再被普遍思及。

﹝註6﹞ 〔美〕包弼德著，劉寧譯《斯文：唐宋思想的轉型》「人們呼吁在當時那個充滿武事的年代，在具有文學和文化成就的人的領導下，重建文官政治秩序。……僅僅因爲是文而對於文學進行獎揠，正像有人所指出的，這是爲了掩飾朝廷在重樹中央權威上的失敗，……掩飾實現天地和先王之典範上的失敗。」南京：江蘇人民出版社，2000年，頁115。

第二節 戰爭對「清明」與「重陽」詩的影響

　　在自《詩經》、《楚辭》以來的漫長傳統中考慮到詩歌表現的季節，頻繁出現「惜春」、「傷春」、「感春」、「悲春」、「遣春」、「春怨」、「春恨」、「春愁」、「春懷」、「春意」……，「悲秋」、「感秋」、「驚秋」、「秋興」、「秋懷」、「秋思」、「秋意」等特定的心情與情緒，它們成了與季節共存的詩的意象。〔註7〕對於中國文人重仕宦，大半生活是在仕宦羈旅中渡過。安史之亂後，局勢動亂，人民遭到橫徵暴斂，耗弊枯竭，無以為生，官軍擄掠人民，使得人民只好遠離故鄉或躲避至深山避禍，有家歸不得，人民痛苦至極，已是民不聊生的景況，對於節令活動的熱衷亦不復從前。而此種遠走他鄉，也帶開了距離，而這樣的距離，也隨著春、秋兩季的景色變化，而有了更多的情感與思緒，氣候舒適、草樹開花、樹葉變紅、禽鳥啼囀……等等，多了更多由生理延伸而出感覺。〔註8〕戰亂而避禍他鄉，無以計算歸期的；入仕遭貶，與君王朝廷之間，心與心的距離；衰老凋殘，年華不再，與青春的距離。故於本節將以「清明」與「重陽」兩組節令群詩作中所呈現出詩人心中過節情緒，並依照以上三種作分類，爬梳出寒食清明詩與九日重陽詩作中的詩情。

一、戰爭對「清明」詩的影響

　　唐代在這場安史之亂的戰爭以後，國家的經濟與百姓的生活，早已每況愈下。人民因戰爭被迫離開自己的家鄉故土，與親友們離

〔註7〕 〔日〕松浦友久著，孫昌武、鄭天剛譯《中國詩歌原理》，台北：洪葉文化出版，1993年。頁8

〔註8〕 〔日〕松浦友久著，孫昌武、鄭天剛譯《中國詩歌原理》：「夏天有夏天的變化，冬天有冬天的變化，時時刻刻都在暗暗進行之中；但給予人的感性的主觀感情的印象，卻很容易讓人感到夏天持續著一片繁茂，而冬天則持續著一片枯衰。至少，印象覺不會是相反的。即是說，在具體、具象的層次上已帶有這樣明顯的傾向：春秋事更富變化；推移的季節，而夏冬則是更為持續、凝固的季節。」台北：洪葉文化出版，1993年，頁12。

散。在三餐無以溫飽，家人們在有生之年不曉得是否能夠再團聚的
情況之下，節日已不再是如此重要的事。而在暮春與暮秋之際的自
然景色變化，更帶動了詩人的情感，觸發出不同的詩作創作：

> 百年只有百清明，狼狽今年又避兵。煙火誰開寒食禁，簪
> 裾那復麗人行。禾麻地廢生邊氣，草木春寒起戰聲。渺渺
> 飛鴻天斷處，古來還是閭閻城。（唐彥謙〈毘陵道中〉，卷 671，
> 頁 7672）

杜甫所作的〈麗人行〉描繪了一場在曲江旁一場屬於皇親貴族與仕
女們的時尚秀，華美精緻的服飾，刻意打扮過的儀容，御廚們絡繹
不絕的山珍海味，樂遊之餘也足見了奢迷的景況。然這一切在安史
之亂發生後，便已不同。狼狽避禍，遠走他鄉，烽煙四起的情況之
下，有誰還能夠想得到寒食的禁火節俗？而又有誰能夠再精心的裝
扮自己赴一場曲江盛宴的約？「禾麻地廢生邊氣」農地因戰亂而休
耕，沒有農作物的農田充滿了蕭索的景況，然而，沒有耕作便無糧
食可吃。戰爭所帶來的，是後續的貧病飢餓交迫，當百姓早已爲了
生計毫無頭緒時，便不會有人再將節俗當成是生活的必要活動。再
看伍唐圭〈寒食日獻郡守〉：

> 入門堪笑復堪憐，三徑苔荒一釣船。慚愧四鄰教斷火，不
> 知廚裏久無煙。（伍唐圭〈寒食日獻郡守〉，卷 727，頁 8328）

「慚愧四鄰教斷火，不知廚裏久無煙」道出了戰爭帶來的飢荒、無
糧的無可奈何，民間的炊火，不等寒食禁火而滅，早已在離亂時無
糧可食、無米可炊以致熄滅。人民的無奈，寒食暮春時節景色早已
是春暖花開之際，卻也因戰亂使得詩人眼中的寒食景色春寒草木，
與〈麗人行〉時的景況形成了對比，戰爭時只求溫飽，不求山珍海
味；只求家人親友能夠平安健康，不求盛裝艷服：

> 出京無計住京難，深入東門轉索然。滿眼有花寒食下，一
> 家無信楚江邊。此時晴景愁於雨，是處鶯聲苦似蟬，公道
> 算來終達去，更從今日望來年。（杜荀鶴〈長安春感〉，卷 692，
> 頁 7965）

> 滿國賞芳辰，飛蹄復走輪。好花皆折盡，明日恐無春。鳥
> 避連雲幄，魚驚遠浪塵。如何當此節，獨自作愁人。(許棠
> 〈曲江三月三日〉，卷603，頁6971)
>
> 旅次經寒食，思鄉淚溼巾。音書天外斷，桃李雨中春。欲
> 飲都無緒，唯吟似有因。輸他郊郭外，多少踏青人。(李中
> 〈客中寒食〉，卷749，頁8531)
>
> 寒食悲看郭外春，野田無處不傷神。平原纍纍添新塚，半
> 是去年來哭人。(雲表〈寒食日〉，卷825，頁9293)

雖有春日的美好景色，然戰爭所帶來的家人離散，是否繼續居住於家鄉進退兩難的局面，這是一種屬於戰亂的末日，詩人以「更從今日望來年」、「好花皆折盡，明日恐無春」無法想像明天的悲哀與惆悵。戰亂不斷所帶來的居無定所，寢食無安等等可說是極為困苦的。這些不安定感，深刻的在於一般黎民百姓的生活中映現出來。連春日絕美的黃鶯啼叫聲聽起來也像是苦蟬的淒慘吟喔。蟬短暫的壽命，也正好對應出兵荒馬亂之際，人們對於自己生命長短的不確定，如此，又如何能夠盡興的觀賞春日綻放的鮮艷花朵？被迫離鄉踏上旅途避難的人，在這暮春踏青禊飲遊玩之際，卻百無聊賴厭倦無心於過節活動，只因為「音書天外斷」不得家鄉音訊半點的憂思籠罩了所有的精神。而面對著原野上新添的墓塚，寒食節的祭掃活動格外的醒目刺眼，詩人以「半是去年來哭人」說出了戰亂時家破人亡，妻離子散的悽愴，也勾勒出戰火連綿時，民不聊生的情況。然而，離亂的情緒在杜甫〈清明〉一首，作了強烈的對比：

> 著處繁華矜是日，長沙千人萬人出。渡頭翠柳豔明眉，爭
> 道朱蹄驕齧膝。此都好遊湘西寺，諸將遠自軍中至。馬援
> 征行在眼前，葛強親近同心事。金鐙下山紅日晚，牙檣捩
> 柁青樓遠。古時喪亂皆可知，人世悲歡暫相遣。弟姪雖存
> 不得書，干戈未息苦離居。逢迎少壯非吾道，況乃今朝更
> 祓除。(杜甫〈清明〉，卷223，頁2379)

渡頭邊青翠的柳枝，爭道駿馬良駒，長沙上千人萬人的競遊著感受暮

春清明所帶來的春暖花開，花紅柳綠一派生氣盎然的景色。詩人以「翠」、「朱」兩色，強烈的對比出生動的渡頭麗景。然在這歡樂的禊遊活動下，征戰沙場的將士，征援戰場的援兵，卻也在另一頭干戈大動。詩人將軍士馬上的金鐙對上了即將下山的紅日，馬不停蹄的戰亂道出了「人世悲歡暫相遣」的無奈，被迫離開家鄉後，親人的離散音訊全無，成了詩人最大的擔憂，於此種思緒之下，又有何心思能夠進行屬於袚除不祥乞求平安的節令活動。

二、戰爭對「重陽」詩的影響

重陽節已至深秋，節氣運行上亦到了會感到寒冷的「寒露」，其寒意雖不強烈，但絲絲入扣的沁入心脾。而環境景物的變化，再加上戰爭所帶來的無以安頓無以溫飽的民生問題，更毅然的影響著詩人的情緒與情思：

> 寒花開已盡，菊蕊獨盈枝。舊摘人頻異，輕香酒暫隨。地偏初衣袷，山擁更登危。萬國皆戎馬，酣歌淚欲垂。(杜甫〈雲安九日鄭十八攜酒陪諸公宴〉，卷229，頁2492)

> 聞道南行市駿馬，不限匹數軍中須。襄陽幕府天下異，主將儉省憂艱虞。祗收壯健勝鐵甲，豈因格鬥求龍駒。而今西北自反胡，騏驎蕩盡一匹無。龍媒真種在帝都，子孫永落西南隅。向非戎事備征伐，君肯辛苦越江湖。江湖凡馬多憔悴，衣冠往往乘寒驢。梁公富貴於身疏，號令明白人安居。俸錢時散士子盡，府庫不爲驕豪虛。以茲報主寸心赤，氣卻西戎迴北狄。羅網群馬籍馬多，氣在驅馳出金帛。劉侯奉使光推擇，滔滔才略滄溟窄。杜陵老翁秋繫船，扶病相識長沙驛。強梳白髮提胡盧，手把菊花路旁摘。九州兵革浩茫茫，三歎聚散臨重陽。當杯對客忍涕淚，不覺老夫神內傷。(杜甫〈惜別行送劉僕射判官〉，卷234，頁2582)

氣溫漸低，眾花開盡，唯獨菊蕊獨枝綻放。詩人也因此感受到人事因戰爭受到劇烈的波動，雖於宴集之中，心卻仍繫著戎馬干戈對社會的影響。此時的登高，反而成爲了使詩人更深刻思危的情景。世局的變

化與世道的不安穩，深深的刻印在詩人的心中，成了一抹愁思。而明明是親友相聚的重陽佳節，也成了與親友別離三歎聚散的時間提醒點：

> 萬里投荒已自衰，高秋寓目更徘徊。濁醪任冷難辭醉，黃菊因暄卻未開。舊國莫歸戎馬亂，故人何在朔鴻來。驚時感事俱無奈，不待殘陽下楚臺。（吳融〈重陽日荊州作〉，卷684，頁 7854）

被迫遷往南方，氣候的不同導致了物理的不一樣，卻意外成了詩人對於節氣變化的觀察點。南方因氣候溫暖以致於到了暮秋重陽仍是「黃菊因暄卻未開」，北方飛來南方過冬的朔雁，觸發了詩人感時無奈的情緒，已不見一絲過節的喜悅，唯有的是更深一層的，是對於戰爭的無奈與不見故人的愁思：

> 乘時爭路祗危身，經亂登高有幾人。今歲節唯南至在，舊交墳向北邙新。當歌共惜初筵樂，且健無辭後會頻。莫道中冬猶有閏，蟾聲繞盡即青春。（司空圖〈旅中重陽〉，卷885，頁 10001）

人民爲國家的根本，戰亂的迫害最直接受到危難的便是人民。百姓因戰亂而徹夜的遷徙離開原生的家鄉，也因戰亂喪失了生命。詩人言「舊交墳向北邙新」，可知國經一亂後，百姓的安危成了詩人最大的憂思，於此亂世，又有誰能夠無憂無慮的在這重陽佳節登高望遠又或者是共筵當歌，享受節日所帶來的親情與友情，座落在北邙山上錯綜的墓碑，提醒的是國破家亡親友離散的傷痛感與危機感，而暮秋所帶來的，則是青春流逝的哀嘆。

第三節 遭貶文士的過節情思

古代士人皆以能夠出仕入官經世濟民爲己任，以治國平天下爲人生價值的最高實現，由士而仕、投身宦海成爲其規範的自我角色認同，但宦海有不測風雲，仕人貶官，成爲中國古代政治一個小環

節。其貶官的遭遇，除了降職、貶逐前往荒遠之地外，不少人還經歷過圄圄之禍。貶官的仕人許國忘身的參政意識和參政實踐，使得他們在內心深處對自身始終充滿了使命感，這是被貶的仕人最突出的心態特徵。節令本就是家人與親友一同歡聚的日子，在遭受貶謫之苦時，內心煎熬可知。其原因不單只是君王對於自己的背棄，另有身處異鄉奇風異俗的不慣與對於故里帝鄉親友的思念：

> 寒食時看度，春遊事已違。風光連日直，陰雨半朝歸。不見紅球上，那論綵索飛。惟將新賜火，向曙著朝衣。（韓愈〈寒食直歸遇雨〉，卷 343，頁 3846）

被貶謫的窘迫哀痛無可奈何的情狀然在加上，歷經千辛萬水，而入南方炎熱荒僻的窮山惡水時，一路的艱辛坎坷，飲食起居上的種種困難不適是自不在話下。韓愈為北方人，南方與之不同的過節風俗，再一次的觸到韓愈被貶謫的痛點。種種一切的觸發身心的煎熬。然而入仕後得志再遭逢貶謫，後又回朝。如此搖移不定、浮浮沉沉的仕宦生活，其心情的複雜性在面對這能夠風光春遊的時節之中不免有些對應的清淒油然心生。廖美玉言：「就士人而言，入仕可以同時獲得實踐濟世理念與解決生計問題雙重效益；而一旦動了宦情，就免不了有所欲求，有所渴慕，得失之間的誠惶誠恐，有為與不為的天人交戰，都會造成情緒上的焦躁不安。若先得志而後遭貶謫，非自主性的旅行經驗，負罪的印記，荒野與封閉的地理空間，銷磨壯志的挫折感，何時遇赦與歸期不定的焦慮感，都是對士人人格的淬煉。」〔註 9〕宦情的欲求與渴慕，得失之間的誠恐，都是考驗著士人的人格，「一般來說，被貶的士人經過長期的貶謫生涯而能生還，或回京，或量移，或委任他職時，儘管有人其心中也不免有發洩未盡的牢騷委屈，但在自己的命運出現新的轉機時，也還是悲盡喜來，歡心之情壓抑了牢騷怨憤，只將它默默的藏在心底。」〔註 10〕故韓

〔註 9〕廖美玉《回車——中古詩人的生命印記》台北：里仁書局出版，2007 年，頁 334。

〔註 10〕吳在慶《唐代文士的生活心態與文學》，合肥：黃山書社，2006 年，

愈言「向曙著朝衣」，其收起了對於貶謫時的怨懟，將此次的北返看成是再一次能夠報效國家的機會。將這些怨懟牢騷與憤恨，趁著歸途上，重新整理心情返回朝廷：

> 謫宦過東畿，所抵州名濮。故里欲清明，臨風堪慟哭。溪長柳似帷，山暖花如醽。逆旅訝簪裾，野老悲陵谷。瞑鳥影連翩，驚狐尾纛籤。尚得佐方州，信是皇恩沐。（韓偓〈出官經硤石縣〉，卷 680，頁 7790）

天復三年二月二十二日，時乃其初貶濮州司馬的第十一天。對於韓偓而言。離鄉後於異鄉遇到清明掃墓，無法親自為宗廟先塋祭掃的遺憾，使自己「臨風堪慟哭」詩人乃京兆萬年人，故其故里應為京都長安，在這家家出門祭掃「溪長柳似帷」一派溫暖暮春景色的日子裡，未能盡到子孫的職責上墳掃墓追思悼念，成了詩人心中的憾事。而另一個原因則是，離開朝廷京都，為人所排擠之憤慨哀痛。韓偓所思念的朝廷，其中包含有他對唐昭宗的忠懇之情，他的哀慟也必然包括了他對朝政上賣弄權力的奸臣掌握風雨飄搖的朝廷的痛心與擔憂。內含了人事的滄桑，世道臨替，國運被小人所賣弄暗淡的憂憤，然於詩作最後句「尚得佐方州，信是皇恩沐」所言不難看出，他仍然表現著對君主忠懇感念之心。因為，他的遭貶完全是為權臣奸人所嫉之故，而倚重於他的唐昭宗卻處於被挾制著，處於愛莫能助的可憐地位。這一種情感恐是一般遭貶謫者所難於有的，這也是韓偓與其他貶謫者心態的不同之處：

> 世路山河險，君門煙霧深。年年上高處，未省不傷心。（劉禹錫〈九日登高〉，卷 364，頁 4108）

劉禹錫從小接受正統儒家教育，儒家的仁愛與民本思想自然形成他世界觀的主導傾向。由於青少年時代生活比較接近普通百姓，對於社會現狀有一定程度的了解，因而他對中唐時朝廷的腐朽和藩鎮割據、宦官專權等現象非常不滿，渴望通過改革刷新政治。〔註11〕但正因為如

〔註11〕吳庚舜、董乃斌《唐代文學史》北京：人民文學出版社，1995 年，頁 243。

此,故其一生被貶數次,對於任官貶謫一事有著百般無奈的覺悟。因此,在九日重陽登高之時,不免會將思緒及目光,望向屬於帝都的方向,然這種精神無所寄託,百無聊賴的情況,使得對於世路險惡,君門深似海的體會,更加深厚。

第四節　在異鄉過節所浮現的家園

家的重要性爲從根源處建立,家不只是保護我們的處所,更是我們心裡最初的靈魂。縱然旅居漂泊在外,步履著地理上每一寸土地。但潛意識裡尋覓的依然是對於家的思念與眷戀。對於異鄉異俗的不適應,思念故土的依戀等,皆於詩作中抒發。

一、「清明」詩中所映現的異地情思

清明,由於與寒食融合,故祭掃爲其節令活動之一,然,於此時身處異鄉,無以返鄉與親友相聚,或相偕出遊踏青或上墳祭掃,皆使詩人因此而有所困頓,同時異地,面對異風異俗的惆悵無限的蔓延:

> 嶺外無寒食,春來不見餳。洛陽新甲子,何日是清明。花柳爭朝發,軒車滿路迎。帝鄉遙可念,腸斷報親情。(沈佺期〈嶺表逢寒食〉卷96,頁1038)

> 江南寒食早,二月杜鵑鳴。日暖山初綠,春寒雨欲晴。浴蠶當社日,改火待清明。更喜瓜田好,令人憶邵平。(陳潤〈東都所居寒食下作〉,卷272,頁3061)

> 二年寒食住京華,寓目春風萬萬家。金絡馬銜原上草,玉顏人折路傍花。軒車競出紅塵合,冠蓋爭回白日斜。誰念都門兩行淚,故園寥落在長沙。(胡曾〈寒食都門作〉,卷647,頁7417)

異鄉過節的心思,人情風尚的差異,詩人以「嶺外無寒食,春來不見餳」來表達其對於異俗的不習慣,詩人於驩州(今爲越南的轄區)風

頁193。

土不作寒食節,雖有屬於春天的「花柳爭朝發」,但卻不見屬於寒食節時所食用的餳粥,無法返鄉與親友同過節日,南方多偏濕熱,緯度也不同於北方。氣候的不同,物性的不同,節俗不同,對於在異地的文士們不諱言是一大心裡煎熬。廖美玉先生言:「即使是自己的選擇,一旦身處『異域』而無法融入當地,……特別發現到個人經驗法則的不適用,即使過去也曾有過與世疏離的情況,經由漫長歲月的挫折、磨合與調適,多少已經習以爲常的『世情』,卻在此時此地變成毫無意義」〔註12〕。故白居易將此不同於北方的物候習性載入詩中:

> 春令有常候,清明桐始發。何此巴峽中,桐花開十月。豈伊物理變,信是土宜別。地氣反寒暄,天時倒生殺。草木堅強物,所稟固難奪。風候一參差,榮枯遂乖剌。況吾北人性,不耐南方熱。強羸壽夭間,安得依時節。(白居易〈桐花〉,卷434,頁4801)

萬物生滅隨著四時節序循環不息,「物理」也存在於萬物之中。北方的桐樹開花,是在暮春三月的清明節氣,氣候溫暖適宜。而南方的桐花開在十月的秋末之際,令詩人訝異物理變化,土氣不同產生了因地制宜的改變。而人卻無法因地制宜,正因爲與北方的氣候不同,使得生長在北方的詩人不耐酷熱。而人情與物理於詩中俱現,此時的作品對社會的情感逐漸的轉向觀照自身,故:

> 一個人要真正了解自己,也往往要把自己放置在一個陌生的環境中,才能在與「他者」的對應中更清楚自己的存在。一個人離開京城與家園後所必需面對的問題,包括距離感所引發的陌生感,以及氣候、風俗、飲食乃至語言的不同而衍生的障礙性等,導致離鄉、出京遠遊大都帶有被動的、淪落的與哀傷的基調。〔註13〕

〔註12〕廖美玉〈漫遊與漂泊——杜甫行旅詩的兩種類型〉,《臺大中文學報》第三十三期,臺北:國立台灣大學中國文學系印行,2000年12月,頁247。

〔註13〕廖美玉〈漫遊與漂泊——杜甫行旅詩的兩種類行〉,《臺大中文學報》第三十三期,臺北:國立台灣大學中國文學系印行,2000年

然不僅僅是氣候、風俗、飲食乃至於語言與北方相反，形成了「地氣反寒暄，天時倒生殺」，連物的名稱也大有不同。戴偉華言：

> 中國之大，品物繁多。有其同者，多有其異。即使同一名物，其生存環境不同，也有不同的特性。所謂「橘逾淮而北為枳，此地氣然也。」（周禮・考工記序）古人很重視地氣，物之生，物之變皆在地氣。有些名物的區別在於南北的不同，這是古來人們習慣使用的地域概念，橘生於南方為橘，但到了淮北就變成了枳。〔註14〕

如此可見，南北的差異，不僅僅只是在地圖上行政區的劃分，更有氣候、物候、地形與物名習俗的不同。又詩作中透過詩人將其富有地域特色的事物記載下來，大多數的名物是透過他鄉人的審視並記錄的，有了與熟悉事物的比較，便能夠加凸顯其獨特性：

> 無家對寒食，有淚如金波。折盡月中桂，清光應更多。披離放紅蕊，想像嚬青蛾。牛女漫愁思，秋期猶渡河。（杜甫
> 〈一百五日夜對月〉，卷224，頁2404）

對於杜甫而言，因戰亂而無家淚如金波的愁思，牽繫出了其對於家的依戀與依賴，將自己幻化成女體的角色，披離散髮慵懶無意，黛眉尤皺的愁思無限，吳剛伐桂的傳說，是將月上的桂枝折盡便能返家，故詩人引用了其典故，但又說明明已伐盡所有的桂枝，卻引不來清亮的月光，無已返家團圓，因詩人已無家可歸。牛郎織女的一期一會，不再是甜蜜而是滿滿的愁思。全都是因為，詩人的憾恨，浸滿了心思，迫使得這一切美好都不再美好。

二、「重陽」詩中的思歸情懷

重陽節扶老攜幼的登高修禊，與友人同桌共飲的暢談人生，這些皆為人生至樂之事，然羈旅異鄉無以回歸無所依傍，使得詩人於這帶有清冷感覺的重陽節中感到更加的孤寂無依，思歸的情緒滿載。

12月，頁230。

〔註14〕戴偉華著《地域文化與唐代詩歌》，北京：中華書局，2006年，頁68。

> 洛浦想江津，悲懼共此辰。採花湖岸菊，望國舊樓人。雁
> 別聲偏苦，松寒色轉新。傳書問漁叟，借寇爾何因。(盧綸
> 〈和趙端公九日登石亭上和州家兄〉，卷277，頁3140)

登高望遠本是和親友之間最愉悅閒適的節令習俗，但在詩人心裡，此
時此刻卻在異鄉登樓遠望鄉國舊人。心情的苦悶，連帶著南飛的朔雁
啼叫聲，也不知不覺的愁苦許多。嵇康曰：「若言平和，哀樂正等，
則無所先發，故終得噪靜。若有所發，則是有主於內，不為平和也。」
〔註15〕音樂的喜怒哀樂，是因為聽者內心想法而有所變化不同，音樂
本身並無特定的情緒，來闡釋人所擁有的悲喜，而雁聲亦是如此，其
本無聲苦之意，全因詩人內心羈旅異鄉思及故土的心情，使得雁啼聲
聲苦。

> 羈旅逢佳節，逍遙忽見招。同傾菊花酒，緩櫂木蘭橈。平
> 楚堪愁思，長江亦寂寥。猿啼不離峽，灘沸鎮如潮。舉目
> 關山異，傷心鄉國遙。徒言歡滿座，誰覺客魂消。(暢當〈九
> 日陪皇甫使君泛江宴赤岸庭〉，卷287，頁3285)

從高處遠望，叢林樹梢平齊，長江江水滾滾，沿岸的猿啼聲不斷，卻
似聲聲無奈牽動了不得歸的靈魂。鄉國的遙遠，舉目望去關隘山嶺全
與故鄉不同，在這本應是與家人團圓與親友同歡的日子身處異鄉，即
便是桌上擺滿了該節的節俗食品，卻也難消心頭亟欲歸去的心思。

> 多少鄉心入酒杯，野塘今日菊花開。新霜何處雁初下，故
> 國窮秋首正迴。漸老向人空感激，一生驅馬傍塵埃。侯門
> 無路提攜爾，虛共扁舟萬里來(趙嘏〈重陽日示舍弟〉，卷549，
> 頁6363)

在幾杯黃湯下肚後，對於故鄉的思念又不禁的籠罩了詩人的心靈。面
對著寒霜初降朔雁南飛、野菊怒放，大自然順應時序的變化之下，詩
人感知到窮秋的來臨。然這一切節序的變化，也牽動了韶光老逝的時
間感，詩人回首一生，風塵僕僕驅馬四奔，卻也無人提攜侯門之路，

〔註15〕戴明揚《嵇康集校注》〈聲無哀樂論〉，台北：河洛出版社，1976年，
　　　頁196。

至今年華老去身處異鄉而思歸不得。

> 糕果盈前益自愁，那堪風雨滯刀州。單床冷席他鄉夢，紫
> 椴黃花故國秋。萬里音書何寂寂，百年生計甚悠悠。潛將
> 滿眼思家淚，灑寄長江東北流。（薛逢〈九日雨中言懷〉，卷 548，
> 頁 6328）

在遭逢巨變之後，有多少人因此離鄉背井而不得歸？連寄給家鄉的書
信亦遲遲不得回音，詩人除了在詩作之中透露了對於家鄉溢滿的思
念，也對這風雨飄搖不定的社會局勢有著生計堪憂的念頭。單床冷席
孤獨對以故國黃花的綻放，雖然花依照著時序盛開了，但卻作者卻獨
身置處他鄉，只能將滿眼的思鄉的淚水，灑入長江寄予思念。

> 淒淒霜日上高臺，水國秋深客思哀。萬疊銀山寒浪起，一
> 行斜字早鴻來。誰家搗練孤城暮，何處題衣遠信回。江漢
> 路長身不定，菊花三笑旅萍開。（李群玉〈九日巴丘楊公臺上讌
> 集〉，卷 569，頁 6598）

家，是心靈的避風港，能使人產生歸屬感，讓人在疲憊時有溫暖的
撫慰，挫折時有振作的力量。加斯東·巴舍拉言：「我的家屋就是我
的的人世一隅。許多人都說過，家屋就是我們的第一個宇宙
（Cosmos），而且完全符合宇宙這個詞的各種意義。……但是我們
成人在生活中已經失去了這項基本的優勢，對天人之際的聯繫變得
遲鈍不堪，因而未能感受到對家屋宇宙的最早依戀。」〔註 16〕蕭馳
言：「『感物』多發生於日已西沉的夜晚，所感的方式以承受孤禽、
秋蟲、落葉聲的聽覺、寒涼之感的溫度覺、白露沾濕的濕度覺，以
及風吹拂的觸覺，卻非以視覺為主……漫漫的商氣、嚶嚶的鳥鳴、
雍雍的雁叫、颼颼的秋風、啾啾的蟲吟……這些感覺並不像視覺那
樣清晰，卻也不像視覺那樣隨光照消失而消失，它們不彰顯詩的空
間性，而緩緩地伴著揮不去、剪不斷的情思在時間裡延續。」〔註 17〕

〔註 16〕加斯東·巴舍拉（Gaston Bachelard）作，龔卓軍、王靜慧譯《空
間詩學》，張老師文化事業出版社，2003 年，頁 66。
〔註 17〕蕭馳〈「書寫聲音」中的羣與我，情與感：〈古詩十九首〉詩學特質

時遇暮秋，氣溫的蕭條清冷之感，再加時遇重陽節令，於異鄉所見的節俗活動、山川景色、花草樹木，皆是牽動詩人思鄉的一根細弦。而，江漢之地與家鄉萬里之遙的距離，成了一道無法截破的牆，詩人心中揪心的刺，淒淒霜日，無法獲得的家庭溫暖，顯得更加孤寒。

第五節　老病過節的時間流逝感

　　春秋兩季的時間是如此的短暫，其所有的季節變化與推移，皆能夠使人的時間意識變得濃烈。然而，隨著年齡的增長，對於人生一去不復返的自覺也就更漸形成。身體組織細胞衰老、器官功能下降，這是生命不可避免的過程，亦是衰老的過程。一般而言，四十歲是老化的分水嶺〔註18〕，但由於個體差異很大，若僅以年齡作為老化的標準，是不夠全面的，因此，一般仍以生理上的變化作為判準，若是低

與座標意義的再檢討〉，《中國文哲研究集刊》30 期，2007 年，頁
70。

〔註18〕《黃帝內經‧靈樞‧天年》中，黃帝曰：「人之壽百歲而死，何以致之？」歧伯曰：「使道隧以長，基牆高以方，通調營衛，三部三里起，骨高肉滿，百歲乃得終。」黃帝曰：「其氣之盛衰，以至其死，可得聞乎？」歧伯曰：「人生十歲，五藏始定，血氣已通，其氣在下，故好走；二十歲，血氣始盛肌肉方長，故好趨；三十歲，五藏大定，肌肉堅固，血脈盛滿，故好步；四十歲，五藏六府十二經脈，皆大盛以平定，腠理始疏，榮貨頹落，髮頗斑白，平盛不搖，故好坐；五十歲，肝氣始衰，肝葉始薄，膽汁始減，目始不明；六十歲，心氣始衰，若憂悲，血氣懈惰，故好臥；七十歲，脾氣虛，皮膚枯；八十歲，肺氣衰，魄離，故言善誤；九十歲，腎氣焦，四藏經脈空虛；百歲，五藏皆虛，神氣皆去，形骸獨居而終矣。」〔清〕張志聰集注《黃帝內經靈樞集注》，杭州：浙江古籍出版社，2002 年，頁 321。上文中把年齡增加與生理機能的相互關係，作了一番仔細的爬梳，然其中可以注意到從四十歲開始是一個關鍵點，無論是內臟器官、肌肉組織，又或者是外觀容貌，皆漸漸的由盛轉衰。而在行為上，不同於年輕氣盛的好走、好驅、好步，四十歲開始，一切的動態活動亦漸漸的減少，轉為好坐、好臥，活動力下降，且器官也逐漸的衰竭。

於平均年齡的生理表則可視為老化的症狀。〔註19〕而基於此種原因，在加上過節的緣故，時間觀念被放大端視，突顯出時光流逝，年華不再，親友離散的情緒。這些老邁衰病的情況，更會被詩人所強調凸顯出來。

一、「清明」詩中的老病

在春光滿載的清明佳節之中，面對著一派美好的景色，草綠花紅，也使自己年年歲歲的凋衰感更為加重，故詩人或身處異鄉或與自憐自艾，大多無法與這對比強大的清明春景劃分，弔念自身逐漸流逝的健康與青春。

> 此身飄泊苦西東，右臂偏枯半耳聾。寂寂繫舟雙下淚，悠悠伏枕左書空。十年蹴踘將雛遠，萬里鞦韆習俗同。旅雁上雲歸紫塞，家人鑽火用青楓。秦城樓閣煙花裏，漢主山河錦繡中。春去春來洞庭闊，白蘋愁殺白頭翁。（杜甫〈清明二首 之二〉，卷233，頁2578）

在杜甫身上所看見的，是流離失所無所依傍，身體逐漸的衰老枯殘的不適。即便異鄉仍然有蹴鞠、盪鞦韆的節俗活動，卻也無法走進詩人的心裡，填補無法返家過節的空虛。艾德華・薩依德中言：「任何真正的流亡者都會證實，一旦離開自己的家園，不管最後落腳何方，都無法只是單純地接受人生，只是成為新地方的另一個公民。或者即使如此，在這種努力中也很侷促不安，看來幾乎不值得。你會花很多時間懊悔自己失去的事物，羨慕周圍那些一直待在家鄉的人，因為他們接近自己所喜愛的人，生活在出生、成長的地方，不但不必去經歷失落曾經擁有的事物，更不必去體驗無法返回過去生活的那種折磨人的回憶。」〔註20〕此刻的詩人，欣羨著清明節時，

〔註19〕參見謝瀛華《老人醫學講座》，台北：合計圖書出版社，1995年，頁3。生理機能降低的現象諸如：七十五歲時口中舌頭的味蕾減少了64%、肺活量減少 44%、腦部血液流量減少 20%、神經衝動傳導速率降低 10%。

〔註20〕艾德華・薩依德（Edward W. Said）著、單德興譯《知識分子論》，

家家以青楓木鑽火共渡節俗的和樂與溫暖，伴隨著美好的山河景色閣樓煙花，卻也對出了詩人身體的凋零與心裡的惆悵。

對於人們而言，能夠觀察到自己的逐漸衰老的身體表徵，除了皮膚的皺紋外，另一則為牙齒與頭髮，以日常使用性而言，牙齒為每天晨起盥洗時都會注意，其所擁有的咀嚼功能與言語輔助，對於人們而言，是最能夠被發現的。再者便是頭髮，早晨起床梳洗穿衣時皆能夠注意到其變化，若有明顯的不同，即可發現。又以象徵意義而論，頭髮之於青春的喻托，東西方皆然，因此，詩人不斷以頭髮的變化作為青春早衰的印記亦屬自然：〔註21〕

> 去歲清明日，南巴古郡樓。今年寒食夜，西省鳳池頭。併上新人直，難隨舊伴遊。誠知視草貴，未免對花愁。鬢髮莖莖白，光陰寸寸流。經春不同宿，何異在忠州。（白居易〈中書連直寒食不歸因懷元九〉，卷442，頁4932）

> 伊昔黃花酒，如今白髮翁。追歡筋力異，望遠歲時同。弟妹悲歌裏，朝廷醉眼中。兵戈與關塞，此日意無窮。（杜甫〈九日登梓州城〉，卷227，頁2458）

年年不同的寒食清明過節地點，提醒著詩人時間的流逝。年年相同登高望遠的歲時節俗，時局卻不同。干戈戰亂，家人遠行與己不同處。昔日種種的過節活動，在今年已無法與往昔相同。鬢髮上冒出的莖莖白髮，提醒著年華將逝，消磨了詩人寸寸的光陰。然在暮春之際，美好光景的氛圍之下，與親友相互贈別，亦是一種令人不耐難過的事：

> 長安清明好時節，只宜相送不宜別。惡心床上銅片明，照見離人白頭髮。（王建〈長安別〉，卷301，頁3428）

清明時節的風光明媚，家家皆攜朋帶友的出門踏青，趁機感受一下生意盎然花朵爭妍的自然景色。然詩人卻必須在這個時候與親友離別，這樣的愁思與不願，對照到了銅鏡上映現的白髮。暮春之際，離別的

台北：麥田出版，2011，頁115～116

〔註21〕詳文請見，成育瑩《物感與人情：白居易詩中的身體感與審美情趣》，國立成功大學中文系碩士論文，2009年，頁33。

愁苦與一派祥和的自然景色，成了對比。

> 願言未偶非高臥，多病無心選勝遊。一夜雨聲三月盡，萬
> 般人事五更頭。年踰弱冠即爲老，節過清明卻似秋。應是
> 西園花已落，滿溪紅片向東流。（韓偓〈惜春〉，卷 682，頁 7819）

傷春惜春是中國古代詩人側重的重點之一，「一夜雨聲三月盡」詩人
利用了一夜雨的時間感來訴說詩人所感受到的時間推移，暮春已是春
天的盡頭。也因此，更能夠感受到自身的年華老去，而無心過節，松
浦友久言：

> 一般看來，對於人來說，時間意識是根源於對人生一去不
> 復返的自覺而形成的，這幾乎沒有疑問。從而，正是在這
> 一去不復返備更加強烈地意識到的情況下，時間感覺也就
> 被更強烈地意識到了。〔註22〕

對於詩人而言，政局的分崩離析，人事的不盡如人意，身體衰病老敗
所帶來精神、肉體上的苦痛，皆令詩人心眼裡的春天，不再是風光明
媚萬物初萌的樣子，而是順著自己的病眼裡所見，花凋落了，隨著溪
水東流一去不復返，而這萬物復甦生意盎然的春天卻似萬物凋零的秋
天。

二、「重陽」詩中的老病感

由宋玉〈九辯〉爲代表所開闢的傳統文學悲秋書寫一路影響著歷
來文人的創作，文人們因秋天物色的變化有所感觸，藉此來抒發出對
自我人生、仕途、君國、社稷的深層省思。〔註23〕「及至此秋也，未

〔註22〕〔日〕松浦友久著，孫昌武、鄭天剛譯《中國詩歌原理》，台北：
洪葉文化出版，1993 年，頁 37

〔註23〕許東海《風景、夢幻、困境：辭賦書寫新視界》：「由宋玉〈九辯〉
爲代表所開闢的傳統文學悲秋書寫及其内在豐富意蘊。其中除了因
秋天物色所觸動的情懷，應不僅僅止於表層士不遇之悲，事實上從
宋玉〈九辯〉中又深刻涵括了攸關君國大事的政治關懷，及其所映
射的中國士人面對歷史，甚或治統與道統之間，如何自處自省的深
層文化意蘊；此外，從宋玉開始，這一文學的悲秋書寫，又經常超
越時令的秋季，進一步指涉著作者深具客寓意識或飄零色彩的生命

嘗不傷而悲之也,非悲秋也,悲人之生也,韶年即宛若春,即老耄即如秋。」[註24] 悲秋的實質是人對自身命運的感懷憂歎。中國士人多有匡時救世、建功立業之志,現實偏又冷酷無情,常將人的一腔熱望擊得粉碎,伴隨著人生坎坷,歲月蹉跎,人生有限與功業難成的矛盾成了鬱積在人心頭難以排遣的情結:

> 悲秋正是將主體在社會人生中的現時感受與自然類屬的意象群融合,把一種自我與外界、歷史與現實、自然與社會的總體性美感體驗有序化。[註25]

九日重陽的時間點在暮秋,故人們更能夠感受到物候的變化,空氣中的霧氣與清冷、葉子與花朵的凋落等,強調了時間的遷移感。其有「長壽」之意,更包含著「老健」的概念在裡頭。而杜甫在〈九日藍田崔氏莊〉言「老去悲秋強自寬,幸來今日盡君歡。」其因九日與友人相聚的場合,而刻意將悲秋之年華老去的心情撇一旁,與君共飲,只因,在離亂未知未來的景況之下,把握與朋友相處的機會,不再因為秋景秋情與關心戰爭的情緒,破壞了這一場把酒宴飲的心情:

> 去年登高郪縣北,今日重在涪江濱。古遶百髮不相放,羞見黃花無數新。世亂鬱鬱久為客,路難憂憂常傍人。酒闌卻憶十年事,斷腸驪山清路塵。(杜甫〈九日〉卷227,頁2468)

世亂而被迫四處遷移的人們有著許多的心結,對於這種朝不保夕的生活更有許多的苦澀難言。黃花即為菊花,菊花的綻放,提醒了秋天的到來,提醒了時間的流逝,己身老去的白髮,也提醒了季節之秋、時代之秋的來臨,懷鄉、悲秋、社會憂患意識皆深深植根於詩人的心靈,幾杯黃湯下肚,筵席將盡,卻讓詩人跌入自己深深的回憶之中,愁思斷腸:

情調,一種富於哀傷以至孤獨的自我沉思。」,台北:里仁書局出版,2008 年,頁 212~213。

〔註24〕李昉等編《太平廣記》卷八三引《瀟湘錄·貞元末布衣》,台北:中華書局,1961 年,第二冊頁 537。

〔註25〕王立《中國古代文學的十大主題》,遼寧教育出版社,1990 年,頁142。

　　風息斜陽盡，遊人曲落間。採花因覆酒，行草轉看山。柳
　　散新霜下，天晴早雁還。傷秋非騎省，玄髮白成斑。(司空
　　曙〈九日洛東亭〉，卷293，頁3334)

生命力旺盛的柳樹，隨著初降的霜已亡失。朔雁已隨著節氣的變化，
飛往南方過冬。詩人因這些屬於秋天的景色而有感時節的流逝。文中
所提到的「騎省」為潘岳，潘岳作〈秋興賦〉言：「四時忽其代序兮，
萬物恩以回薄。覽花蒔之時育兮，察盛衰之所托。感冬索而春敷兮，
嗟夏茂而秋落。……臨川感流以歎逝兮，登山懷遠而悼近。彼四感之
咎心兮，遭一途而難忍。」〔註26〕以秋景漸興秋氣漸濃的蕭瑟之感作
為入筆，抒發歲月易逝、人生無常的慨歎是潘岳〈秋興賦〉的行文重
點。節氣上的變化影響文人的心理，目睹自然的衰退，進而感歎自身
的年華老去，人生的衰弱流逝。

　　重陽的節俗中，有一項是將茱萸插於髮梢以達到避邪驅禍的效
果，故人們相信「茱萸插鬢花宜壽」(王昌齡〈九日登高〉，卷142，
頁1440)的效用：

　　九日明朝是，相要舊俗非。老翁難早出，賢客幸知歸。舊
　　采黃花賸，新梳白髮微。漫看年少樂，忍淚已霑衣。(杜甫
　　〈九日諸人集於林〉，卷231，頁2537)

　　重九共歡娛，秋光景氣殊。他時頭似雪，還對插茱萸。(權
　　德輿〈酬九日〉，卷329，頁3678)

　　九日強游登藻井，髮稀那敢插茱萸。橫空過雨千峰出，大
　　野新霜萬壑鋪。更望尊中菊花酒，殷勤能得幾回沽。(耿湋
　　〈九日〉，卷883，頁9976)

茱萸具有辟邪保健之功效，而菊花的獨枝漫開的向榮感，都有老而更
健的精神在，也代表著對於抵抗自然力限制的人文色彩。戰亂之後使
得自己只能於異鄉過節，貧病交加，對上秋天的特殊光景，更加深了
詩人白髮蒼微的老態。，對映於「老健」之意的九日，反而增添了感

〔註26〕〔清〕嚴可均《全上古三代秦漢三國六朝文》卷九十，北京：中華
　　　　書局，1985年，頁1980。

慨與惆悵。

> 無酒泛金菊，登高但憶秋。歸心隨旅雁，萬里在滄洲。殘
> 照明天闕，孤砧隔御溝。誰能思落帽，兩鬢已添愁。（王貞
> 白〈九日長安作〉，卷701，頁8066）

搗衣即為砧衣為古時製衣的一道工序，非浣洗衣物。係將布帛置於
砧上，用杵棒導擊敲打，使之柔韌細密，以便剪裁縫紉。南朝梁元
帝蕭繹就謂：「搗衣清而徹，有悲人者，此是秋士悲於心，搗衣感於
外，內外相感，愁情結悲，然後哀怨生焉。苟無感，何嗟何怨也？」
〔註27〕於此，便能知道秋夜的砧聲，對於詩人內在的興悲癥結有著
強化的作用。嵇康《聲無哀樂論》中言：「和聲無象而哀心有主，人
以有主之哀心，因無象之和聲，其所覺悟，為哀而已。」〔註28〕錢
鍾書對此解釋說：「蓋先入為主，情不自禁而嫁於物（pathetic
fallacy），觸聞之機（occasion）而哀，非由樂之故（cause）而哀。」
〔註29〕夜中聲聞搗衣砧聲，配合著秋夜的搗衣的砧聲從空間上引發
著詩人的思鄉念遠之情。在沉寥的秋空裡，遠處傳來的聲聲砧杵極
易喚起人的距離與時間感，讓人感覺到與故鄉、親人的關山阻隔，
感受到自己逐漸的年華老去：

> 節物驚心兩鬢華，東籬空繞未開花。百年將半仕三已，五畝
> 就荒天一涯。豈有白衣來剝啄，一從烏帽自攲斜。真成獨坐
> 空搔首，門柳蕭蕭噪暮鴉。（高適〈重陽〉，卷214，頁2234）

節物的作用除了其本身的功效外，也偶然的使詩人注意到了自身的逐
漸斑白的鬢角與年歲的增加。詩文之中使用，陶淵明採菊東籬與白衣
送酒的典故，詩文之中，詩人自怨自艾的感歎自己年歲半百遭貶多次
而被迫躬耕田園的苦思。而在這世道之中，也因為自己被貶謫的緣
故，無人敢與自己打交道，以致孤苦過節：

〔註27〕梁元帝蕭繹《金樓子・立言篇上》，文淵閣《四庫全書》本《金樓子》，
　　　　卷四。

〔註28〕嚴可均輯《全上古三代秦漢三國六朝文・全三國文》，卷四九，台北：
　　　　台灣中華書局出版，1958年，頁1329。

〔註29〕錢鍾書《管錐編》第三冊，台灣：中華書局，1986年，頁1092。

> 一爲重陽上古臺，亂時誰見菊花開。偷搯白髮眞堪笑，牢
> 鎖黃金實可哀。是箇少年皆老去，爭知荒冢不榮來。大家
> 拍手高聲唱，日未沈山且莫迴。（杜荀鶴〈重陽日有作〉，卷692，
> 頁7952）

離亂之時，人民無以溫飽的情況之下，更無心於身邊的景色變化，而
節令的到來，更是使得人們更深刻的感受到年歲的老去。兵荒馬亂所
造成的傷亡，詩人只能於此時假裝漠視淡忘的高聲歡唱，尋求短暫的
憂思解脫：

> 秋暮天高稻稜成，落星山上會諸賓。黃花汎酒依流俗，白
> 髮滿頭思古人。巖景宛看雲出岫，湖光遙見客垂綸。風煙
> 不改年長度，終待林泉老此身。（徐鉉〈九日落星山登高〉，卷
> 756，頁8599）

詩人將目中所望之物抒寫於作品之中，稻穗的飽滿於秋暮之際等待收
成、山邊飄搖出沒的雲彩、伴著湖光粼粼的垂釣人，此刻的詩人正與
賓客登高宴飲於落星山，此等風煙美景、山林泉石，伴隨詩人於此終
待此身：

> 重陽不忍上高樓，寒菊年年照暮秋。萬疊故山雲總隔，兩
> 行鄉淚血和流。黃茅莽莽連邊郡，紅葉紛紛落釣舟。歸計
> 未成年漸老，茱萸羞戴雪霜頭。（劉兼〈重陽感懷〉之一，卷766，
> 頁8693）

紅葉紛落黃茅莽莽，目視所望的是一派暮秋的景色。寒菊綻放茱萸戴
頭，在在提醒了詩人節令的到來。登高遠望山雲疊疊，節俗的登高儀
式卻也告訴著詩人年紀與身體狀況日漸老邁衰退的事實，但卻仍無法
返回故鄉，因此暗自傷神流淚。

　　秋，「穀物成熟、收穫」〔註30〕安定充足的時期，由此展開「秋
暮天高稻稜成」的季節感，但隨著宋玉《九歌》悲秋系統的產生，
使得秋已漸漸的明顯的向「萬物搖落、悲秋」的情況演進，與之形

〔註30〕「秋」。《說文》（七上，禾部）曰「禾穀孰也。……。」；段注：「其
　　　時萬物皆老，而莫貴於禾穀，故從禾；言禾覆言穀者，咳百穀也。」

成對比的不安定、衰退的意象轉化。隨著年紀的增長，詩人將「旅鬢尋已白」、「偷攬白髮真堪笑」、「兩鬢已添愁」、「節物驚心兩鬢華」、「茱萸羞戴雪霜頭」等描述寫進詩作之中，其發覺了自身的鬢角花白，年華不再。然而，真正的原因，是為「歸計未成年漸老」的距離，韶光易逝，最終的目的卻尚未實現，沒有過節的歡樂氣氛，只有深深的苦澀沁入心肺。「家」在華夏民族心目中具有不可移易的地位。「安土重遷，黎民之性；骨肉相附，人情所願也。」〔註31〕，故對故鄉的眷戀，對親人的關懷，是中國人心中割捨不斷的情結，離鄉去國，對故土的情感不會因時間的流逝而減淡，「去家漸久，懷土彌篤。方思之殷，何物不感？」〔註32〕尋常物事，都會讓人起故園之情。因為種種關係，以致於離開了屬於自己原生的家鄉，無法返家與家人過節，無法享受到過節時的和樂氣氛。暮秋九日的黃花汎酒，暮鴉嘶啼等，皆增強了詩人的暮秋過節的寂寥感，造成了詩人「每因佳節知身老」（徐鉉〈十日和張少監〉，卷756，頁8599）的嘆老思想，而無重陽的老壽登高喜悅之心境。

小　結

　　本章旨在討論「清明」與「重陽」詩的歷時性變化與節日情思。隨著節氣的變化，物候影響了詩人的感官，在這兩個各屬於暮春與暮秋的節日之中，詩人所映現出的是對於流逝時光的喟歎。經解析而得結論如下：

　　唐代自安史之亂後，從初唐開始發展的經濟逐漸的衰變，在藩鎮驕橫、宦官朋黨的烈禍不斷的情況下，朝臣們開始意識到自己所生存的環境與自古所奉為經典的古聖先賢治世之語未臻完善。因此，作了

〔註31〕漢元帝永光四年〈西元前四十年〉十月詔，見班固《漢書》卷九《元帝紀》，台北：台灣中華書局，1962年，頁292。

〔註32〕陸機《懷土賦・序》，《陸機集》卷二，台北：台灣中華書局，1982年，頁16。

對於朝政與文學上的改革，重新的審視自己對於文學與政治的貢獻，並作出了對於文學的重新爬梳與整理，重建構出新的思維，強調了寫作的社會和政治角色，不再只是以華美不實的文學賣弄，或典範權威爲主要訴求，而是將具有協調政府與人性的功用，放在效果的第一位。也因爲這樣，對於寒食清明與九日重陽的影響頗深，人們已經不再只是將目光停留在對於大自然的關懷，而是認眞的思考，基於環境的變動與紛亂，該如何自處，已成爲最重要的問題，故從詩作數量上來看，寒食裡所具備的人文關懷比起屬於自然、巫祀的清明與上巳，詩作數量高出很多。而具有「老壽」之意的九日重陽，亦有逐漸增加的情況，可推測，對於世局不穩的政治社會，人民已不再只關心自然享受悠閒，更重要的是自身的安危與溫飽。

　　暮春與暮秋的自然景色變化，深具影響人們的能力，使之有更多遊生理感受所帶出的心理情感。故對於安史之亂所造成的災禍，政局的動亂，戰爭使人民遠離故鄉或避禍至深山，餐風露宿無以溫飽；文士遭貶無法返家與親友相聚的苦澀感；季節變化，物候轉換所體現的老病孤寂感，在在的都使得人們對於過節已不再像是記憶中的景況般愉快歡樂。

第五章　結　論

　　本論文以唐詩中的「節氣」與「節令」兩個面向來作為清明與重陽詩的切入點。首先將唐前對於節氣、節令記載作一爬梳，透過對於歷時性的瞭解，整理節氣與節令的出現、形成與轉變。繼而將此分為「清明」與「重陽」兩類作為探討，後以詩作當中所抒發的詩情作進一步的析探，討論詩人對於節氣變化與節令活動的興癈悲結。筆者綜合前文各章所作的各項論述，可歸納研究心得如下：

一、清明節令群的物候活動與習俗更迭轉換

　　就清明而言，清明本是二十四節氣之一，時於暮春，後因與寒食相近，而吸收了寒食的節令活動，包括祭掃、食寒食等等。然清明亦保存了其節氣的意義，對於農作有著指標上的意義，而其於暮春之際所擁有的生氣旺盛、因氣衰退的景色，也引發了此時的動物擁有了豐富的生態活動，繁殖、哺育後代等等。在植物方面，有因應其時的柳樹、榆樹。這些也對應到了清明節令上的起新火活動，可發現先民對於自然環境的尊敬與順應。後針對氣後異常的節後記錄作析探，發現因元和六年春天降雪的緣故，農作物失收，氣後反常，已不如人們記憶之中的節序情況，百姓苦不堪言，無法依從著自古流傳的經驗來耕作。然而，雖然偶有不與節序相符的情況產生，但從詩作上來看，詩

人仍然感受著這一片生機盎然的自然節序，並且趁機踏出戶外，感受春天的一派祥和與柔美。

　　節令方面，與清明同時處於暮春三月的節令——上巳，《詩經》中〈溱洧〉記載了上巳節於男女共於水邊修禊遊玩的景況，而《周禮》中記載了周代巫祈活動，然至魏晉時期轉爲文士禊飲流傳至唐代，到宋不再興盛。從原本的祓除不祥的祭祀活動轉爲文士接近自然的休閒禊飲、唐代的萬家出戶踏青遊玩等，不同性質活動的流變過程。後討論寒食與清明的習俗逐漸的相融在一起爲探討，寒食的禁火與清明的出新火說明了古代人民對於萬物皆有神靈的信仰與依附自然共存共生的信念，皆是現今需要學習之處。而寒食所具有的過節習俗與飲食，如：食寒食、鞦韆、蹴鞠、祭掃等。配合著暮春節序的變化，踏青郊遊、盪鞦韆，對於先人愼終追遠的意念而有了食寒食與祭掃的活動產生。

二、重陽節令群的物候活動與習俗

　　九日重陽，時於暮秋之際。在農作上，爲收穫的季節。筆者先以天氣變化爲觀察點，發現其與二十四節氣之寒露時間點相近，故有寒露授衣的節俗因應而生。而在此時氣溫已漸漸的轉爲涼爽，空氣中水氣也因遇冷凝結成霜，草木枯黃掉落，在所有的草木枯落之餘，卻也有屬於重陽的植物——菊花與茱萸綻放於此，人們將此入酒、置於鬢髮上以此達驅除邪惡保持健康的效果。在物種方面，季節遷移性的候鳥往南過冬，到春天再回到繁殖地。另一爲蟋蟀，暮秋裡蟋蟀的鳴叫聲已不再像夏天或早秋時的清澈嘹亮，時斷時續略帶顫音的鳴叫聲變得有氣無力，再加上暮秋微涼的寒意與細雨，使得悲秋情緒大增，詩人惆悵無限。

　　節令方面，九日重陽的過節活動爲登高、宴飲。登高，是因爲九日重陽有「老健」的涵義，透過登高，讓人們除了能夠走出戶外，也能重新的審視自己思考人生沉澱心靈。而宴飲部分，筆者以人物，將

其分爲與君王、與友人及獨飲，三種作爲分析論述。在與君王宴飲的應酬場合之中，可發現文人期盼君王賞識與將君主邀請自己參與活動時，內心的糾結。一邊希望自己能夠在君主面前有所表現，但一邊又怕弄巧成拙，使君主誤會的複雜心思。二爲與友人共飲的喜悅之情，能與至交好友於重陽節日一同舉杯共飲該是人生一大至樂之事，然若因故無法再一同歡聚，便會在此時惆悵可惜，悲歎今非昔彼。後爲獨飲，對於本是該與親友共同登高望遠、賞菊賦詩、舉杯聊觴的日子，卻獨自一人渡過，心理愁緒滿爬，自醉卻因此更膨脹了自身苦痛鬱結情緒。

三、以安史之亂爲轉折點的詩人情思變化

　　唐代自安史之亂後，由初唐開始發展的經濟衰退，百姓民生以不復從前。在宦官朋黨烈禍不斷的情況之下，朝臣們開始反思自己賴以爲生的古聖先賢經典與對於生存環境的態度是否完備。因此，形成了改革，主要是將以前所遵從的經典與生活更加的融合，文士不再只是空談經典，而爲將經典應用在實際生活之上。故，也對於文學作了重新梳理與整理的動作，屏除不切實際的空想、典範權威與華美不實的文學賣弄，將重點擺在具有協調政府與人性功用的思想與文章。基於這樣的緣故，發現人們以不再只是將目光停留在對於大自然的關懷，而是認眞思考環境變動與紛亂，人們該如何自處的課題。正因這樣，也影響到人民對於過節的意願，筆者以詩作數量中發現，具有人文關懷的寒食在安史之亂後與屬於自然、巫祀的清明、上巳相比，詩作數量高出許多。而而具有「老壽」之意的九日重陽，亦有逐漸增加的情況，可推測，對於世局不穩的政治社會，人民已不再只關心自然享受悠閒，更重要的是自身的安危與溫飽。

　　暮春與暮秋的自然景色變化，深具影響人們的能力，使之有更多遊生理感受所帶出的心理情感。故對於安史之亂所造成的災禍，政局的動亂，戰爭使人民遠離故鄉或避禍至深山，餐風露宿無以溫飽；文

士遭貶無法返家與親友相聚的苦澀感；季節變化，物候轉換所體現的老病孤寂感，在在的都使得人們對於過節已不再像是記憶中的景況般愉快歡樂。

四、議題的延伸與發展

第一，先民對於「節氣」頗為重視，而「節氣」亦是農耕上重要的關注點，並也是延伸出「節令」的理由，然歷來對於「節令」的研究多過於「節氣」，導致在「節氣」背後所隱藏的先民的智慧與意蘊，漸漸的不被人知曉，甚為可惜。因此，未來筆者將以二十四節氣之中，是節氣亦是節令的：立春、春分、夏至、秋分、立冬，透過古籍資料與唐人詩作，繼續深入探討其節氣對於農耕上的影響與因應節氣所衍伸出來的節令活動。緣此，筆者希望透過唐人詩作與古籍資料，作一歷時性的綜向探討，以期能更透澈的了解屬於先民流傳下來的習俗原始意義與唐人的特殊風俗畫。

二、近年來，建築相關產業，亦有「節氣建築」蓬勃發展，其主旨在於融入董仲舒的「天人合一」之說，再結合一年二十四節氣進行建築的建蓋，促使建築能配合著天地之間節氣的運行，獲得與自然相融合的機會，讓人類重新的尋回屬於先人們與自然呼應結合的智慧，並且達到綠色環保的效果，不再只是一味的破壞自然生態環境，遺失屬於人的自然性。因此，筆者期能以此文，針對節氣與節令部分作深一步的了解交流。

由以上可得知，古代先民對於自然的尊崇與景仰，順應自然而生，日出而作日落而息的生活一直延續至今日。王志清《盛唐生態詩學》中提到：「中國是農業文明古國，有著豐富的自然崇拜的現象。在自然的巨力面前，中國上自帝王，下到庶民，無一不虔誠地拜倒在大自然腳下。最初的人類先民，在自然面對前表現出五體投地的臣服，這有他們的文化──神話、宗教和倫理的形態為証。他們創造出各種各樣的自然神：日、月、雲、水、雷、電、山、土、火、

木……面對自然的不可思議的巨大力量，它們表現出崇拜和恭敬，表現出力圖免遭自然懲罰的小心翼翼。即便是人類進入文化和文明的燦爛時期，出現了儒、道等「天人合一」的哲學，也都是以「自然」爲中心的道德理性哲學，法天、合天，實質上是人對天的順從。以自然本性爲根本法則，把人與自然的和諧發展視爲最崇高的道德目標。董仲舒解釋說：「事物各順於名，名各順於天，天人之際，合而爲一。」(《春秋繁露‧深荼名號》)「天地人萬物之本也。天生之，地養之，人成之。天生之以孝悌，地養之以衣食，人成之以禮樂。三者相爲手足，不可一無也。」(《春秋繁露‧立之神》) 因此，「與天地參」的人與自然和諧的最高境界，也就是發展人的自然本性，就能最大限度地發展萬物的本性，就可以贊天地萬物變化和生長，實現天地人的和諧發展。〔註 1〕。節氣的運行牽動著節令的過節活動與食品，兩者相互關聯。而筆者發現，目前學術界上對於節令的研究甚多，但對於節氣的研究卻是一塊仍有待開發的寶地，故此，希望能夠以此補其不足之處，盡一棉薄之力。

〔註 1〕 詳文請見，王志清《盛唐生態詩學》，北京：北京大學出版社，2007年，頁 128。

徵引書目

一、**古籍資料**（依文獻年份排列）

1. 〔魏〕何晏注，〔宋〕邢昺疏《論語集解》，《十三經注疏本》，台北：藝文印書館，1985 年。
2. 〔魏〕王弼注，〔晉〕韓康伯注，〔唐〕孔穎達疏《周易正義》，《十三經注疏本》，臺北：藝文印書館，1985 年。
3. 〔魏〕王弼、〔晉〕韓康伯注，〔唐〕孔穎達正義《周易正義》，臺北：臺灣商務印書館，1975 年。
4. 〔魏〕賈思勰《齊民要術》臺北：台灣商務印書館，1966 年。
5. 〔魏〕賈思勰《齊民要術校釋》，北京：農業出版社，1982 年。
6. 〔晉〕杜預注，〔唐〕孔穎達疏《左傳》，《十三經注疏本》，台北：藝文印書館，1985 年。
7. 〔晉〕張華注《禽經》，台北：台灣商務印書館，1969 年。
8. 〔晉〕杜預注、相臺岳氏本《春秋經傳集解》，臺北：七略出版社，2005 年。
9. 〔晉〕王義之撰《蘭亭序》東京：二玄社，1985。
10. 〔晉〕杜預注、〔唐〕孔穎達疏《春秋左傳注疏》，台北：台灣商務印書館，1983 年。
11. 〔晉〕崔豹《古今注》臺北：商務書局，1966 年。
12. 〔梁〕宗凜，王毓榮校注《荊楚歲時記校注》台北：文津出版社，1992 年。
13. 〔梁〕宗懷《荊楚歲時記》，《百部叢書集成》，台北：藝文印書館，

1965 年。

14.〔梁〕蕭統編，張啓成、徐達等譯注《昭明文選》，台北：台灣古籍出版社，2001 年。

15.〔梁〕劉勰著，王更生注譯《文心雕龍》，台北：金楓出版社，1997 年。

16.〔隋〕杜臺卿《玉燭寶典》，台北：藝文印書館，1965 年。

17.〔漢〕班固《漢書》，台北：台灣中華書局，1962 年。

18.〔漢〕司馬遷著，胡懷琛、莊適選註《史記》，台北：台灣商務印書館，1972 年。

19.〔漢〕崔寔《四民月令》，臺北：藝文印書館，1970 年。

20.〔漢〕劉向《列女傳瀋陽：遼寧教育出版社，2000 年。

21.〔漢〕劉安《淮南子》卷三，《四部備要》本，台北：中華書局，1965 年。

22.〔漢〕鄭玄箋，〔唐〕孔穎達疏《詩經》臺北：藝文印書館，1982 年。

23.〔漢〕鄭玄注，〔唐〕孔穎達疏《禮記》，臺北：藝文印書館，1976 年。

24.〔漢〕鄭玄注，〔唐〕賈公彥疏《周禮注疏》，臺北：藝文印書館，1976 年。

25.〔漢〕鄭玄注《易緯通卦驗》，北京：中華書局，1991 年。

26.〔漢〕應劭撰，王利器注《風俗通義教注》，台北：明文書局，1982 年。

27.〔南朝宋〕范曄撰、〔唐〕李賢等注《後漢書》台北：鼎文書局，1987 年。

28.〔唐〕陸機《陸機集》，台北：台灣中華書局，1982 年。

29.〔唐〕孔穎達疏《禮記》，台北：藝文印書館，2001 年。

30.〔唐〕孫思邈撰，朱邦賢，陳文國等校注《千金翼方》上海：上海古籍出版社，1999 年。

31.〔唐〕歐陽詢撰：《藝文類聚》台北：新興書局，1969 年。

32.〔唐〕韓鄂《歲華紀麗》，《叢書集成初編》，上海：商務印書館，1937 年。

33.〔唐〕杜甫著，〔清〕仇兆鰲注《杜詩詳注》，臺北：里仁書局，1980 年。

34.〔唐〕杜牧著《樊川文集》台北：九思出版社，1979 年。

35.〔後晉〕劉昫撰《舊唐書》，台北：鼎文書局，1989 年。

36.〔宋〕歐陽修、宋祈撰《新唐書》台北：台灣中華書局，1965 年。

37.〔宋〕司馬光《資治通鑑》，合肥：黃山書社出版，2009 年。

38.〔宋〕王溥撰《唐會要》，上海：上海古籍出版社，1991 年。

39.〔宋〕司馬光《資治通鑑》北京：中華書局，1956 年。

40.〔宋〕李昉等編《太平廣記》台北：中華書局，1961 年。

41.〔宋〕周履靖《菊譜》，台灣：藝文印書館，1966 年。

42.〔宋〕洪興祖補注《楚辭補注》台北：鼎淵文化事業有限公司，2005 年。

43.〔宋〕張禮著，史念海、曹爾琴校《遊城南記校註》三秦出版社，2003 年。

44.〔宋〕曹慥編《類說》，台北：藝文印書館，台北：台灣商務印書館，1983 年。

45.〔宋〕陳元靚編《歲時廣記》，《歲時習俗資料彙編》第七冊，台北：藝文印書館，1970 年。

46.〔宋〕賈似道《促織經》，《百部叢書集成》，臺北：藝文印書館，1983 年。

47.〔宋〕歐陽修撰《新唐書》，台北：鼎文書局，1989 年。

48.〔元〕吳澄《月令七十二候集解》《百部叢書集成》二十四，1935 年，臺北：藝文印書館。

49.〔明〕朱橚作，倪根金校注《救荒本草校注》臺北：宇河文化出版社，2010 年。

50.〔明〕李時珍《本草綱目》北京：人民衛生社出版，1982 年。

51.〔明〕胡應麟《詩藪》，台北：廣文書局，1973 年。

52.〔清〕徐松輯《宋會要輯稿》，台北：新文豐出版，1976 年。

53.〔清〕王筠撰《夏小正正義》，台北：台灣商務印書館，1965 年。

54.〔清〕嚴可均輯《全上古三代秦漢三國六朝文》，北京：中華書局出版，1985 年。

55.〔清〕顧炎武《歷代帝王宅京記》台灣：廣文書局，1970 年。

56.〔清〕阮元校勘《詩經》，《十三經注疏》台北：新文豐出版社，1978 年。

57.〔清〕金聖歎編著《聖歎選批唐才子詩》，臺北：正中出版社，1987 年。

58.〔清〕張志聰集注《黃帝內經靈樞集注》，杭州：浙江古籍出版社，

2002 年。

59.〔清〕陳夢雷原編，蔣廷錫等撰《歲功典》,《古今圖書集成》台北：鼎文書局，1976 年。

60.〔清〕董誥等編《全唐文》上海：古籍出版社，1990 年。

61.〔清〕董穀士，董炳文撰《古今類傳》臺北：藝文出版社，1970 年。

62.〔清〕錢泳《履園叢話》台北：廣文書局，1969 年。

63.〔清〕清聖祖御定《全唐詩》,北京：中華書局，1985 年。

64. 陳尚君輯校《全唐詩補編》,北京：中華書局，1992 年。

二、專書（依作者姓氏筆劃排序）

1. Fred Inglis 著、鄭宇君譯《假期：愉悅的歷史》臺北：韋伯文化出版，2002 年。

2. Wolfgang Schivelbusch 著，殷麗君譯《味覺樂園——看香料、咖啡、菸草、酒，如何創造人間的私密天堂臺北：藍鯨出版社，2001 年。

3. 王世禎《中國節令習俗》,台北：星光出版社，1981 年。

4. 王立《中國古代文學的十大主題》,遼寧教育出版社，1990 年。

5. 王夢鷗《禮記今註今譯》,台北：台灣商務印書館，1977 年。

6. 王熹主編，佟輝著《天時·物候·節道——中國古代節令智道透析》,南寧：廣西教育出版社，1995 年。

7. 加斯東·巴舍拉（Gaston Bachelard）作，龔卓軍、王靜慧譯《空間詩學》,張老師文化事業出版社，2003 年。

8. 艾德華·薩依德（Edward W. Said）著、單德興譯《知識分子論》,台北：麥田出版，2011 年。

9. 何立智《唐代民俗和民俗詩》,1993 年，北京：語文出版，1993 年。

10. 吳在慶《唐代文士的生活心態與文學》,合肥：黃山書社，2006 年。

11. 吳庚舜、董乃斌《唐代文學史》,北京：人民文學出版社，1995 年。

12. 李永匡、王熹《中國節令史》,台北：文津出版社，1995 年。

13. 李延齡、韓廣澤《中國古代詩歌與節日習俗》,台北：百觀出版社，1995 年。

14. 李斌成等編《隋唐五代社會生活史》,北京：中國社會科學出版社，1998 年。

15. 李露露《中國節》,福州：福建人民出版社，2006 年。

16. 汪寧生《古俗新研》,蘭州：敦煌文藝出版社，2001 年。

17. 柯慶明《中國文學的美感》臺北：麥田出版社，2006 年。

18. 胡新生《中國古代巫術》，濟南：山東人民出版社，1998 年。

19. 孫作雲《詩經與周代社會研究》，北京：中華書局出版，1966 年。

20. 殷登國《歲節的故事》，台北：知書房出版社，2004 年。

21. 常建華《歲時節日裡喬繼堂《細說中國節——中國傳統節日的起源與內涵》，北京：九州出版社，2006 年。

22. 許東海《風景、夢幻、困境：辭賦書寫新視界》臺北：里仁書局出版，2008 年。

23. 郭興文、韓養民《中國古代節日風俗》，台北：博遠出版社，1992 年。

24. 陳思修、繆荃孫纂，卞惠興編《中國地方志集成》，南京：江蘇古籍出版社，1991 年。

25. 陳鐵如、吳鍾玲《基礎氣象與農業氣象學》，台北：淑馨出版社，1993 年。

26. 喬繼堂《中國歲時禮俗》，台北：百觀出版社，1993 年。

27. 程薔、董乃斌《唐帝國的精神文明》，北京：中國社會科學院出版，1996 年。

28. 街順寶《綠色象徵——文化的植物志》昆明：雲南教育出版社，2000 年。

29. 黃永武《中國詩學‧思想篇》臺北：巨流出版社，2009 年。

30. 廖美玉《回車——中古詩人的生命印記》台北：里仁書局出版，2007 年。

31. 趙睿才《唐詩與民俗關係研究》，上海：上海古籍出版社，2008 年。

32. 趙睿才《時代精神與風俗畫卷：唐詩與民俗》，石家庄：河北人民出版社，2002 年。

33. 齊東方《唐代金銀器研究》北京：中國社會科學出版社，1999 年。

34. 潘富俊《唐詩植物圖鑑》，臺北：貓頭鷹出版社，2001 年。

35. 蔡瑜編《迴向自然的詩學》，臺北：國立台灣大學出版中心，2012 年。

36. 蔡璧名《身體與自然》，臺北：國立台灣大學出版委員會，1997 年。

37. 鄭武燦編著《台灣植物圖鑑》上冊，臺北：國立編譯館，2000 年。

38. 鄭毓瑜《六朝情境美學》，台北：台灣學生書局出版，1996 年。

39. 鄭毓瑜編《中國文學研究的新趨向：自然、審美與比較研究》，台北：台大出版中心，2005 年。

40. 蕭放《歲時——傳統中國民眾的時間生活》，北京：中華書局，2002

年。

41. 錢鍾書《管錐編》,台灣:中華書局,1986 年。

42. 閻守誠《危機與應對:自然災害與唐代社會》,北京:人民出版社,2008 年。

43. 戴偉華著《地域文化與唐代詩歌》,北京:中華書局,2006 年。

44. 謝瀛華《老人醫學講座》,台北:合計圖書出版社,1995 年。

45. 顏重威《臺灣的候鳥》,臺中:晨星出版社,2008 年。

46. 龔鵬程《春夏秋冬》,臺北:故鄉出版社,1982 年。

三、期刊論文（依照出版年份排序）

1. 勞榦〈上巳考〉,《中央研究院民族學研究所集刊》,第二十九卷,1970 年 3 月,頁 243～262。

2. 林恭祖〈曲水流觴話上巳〉,《故宮文物月刊》,第四卷第一期,1986 年 4 月,頁 17～32。

3. 王明蓀〈唐宋時的寒食清明〉,《故宮文物月刊》第八期,1990 年,頁 50～57。

4. 徐國能〈論杜甫「九日」詩〉,《中國學術年刊》第 21 期,2000 年,頁 319～343。

5. 蕭放〈清明——中國人的祭祖節〉,《歷史月刊》,2000 年 4 月號,頁 94～98。

6. 黃偉倫〈蘭亭修禊的文化闡釋——自然的發現與本體的探詢〉,《華梵人文學報》,第十三期,2000 年 1 月,頁 157～186。

7. 陳忠業〈「論唐代節俗詩」——以上巳、寒食、清明節考析〉,《玄奘人文學報》第十期,2000 年 7 月,頁 87～116。

8. 廖美玉〈漫遊與漂泊——杜甫行旅詩的兩種類行〉,《臺大中文學報》第三十三期,臺北:國立台灣大學中國文學系印行,2000 年 12 月,頁 225～265。

9. 森茂芳〈論民族年節的傳播學意義及其社會整合功能〉,《民族藝術研究》第六期,2001 年,頁 3～18。

10. 劉偉生〈上巳踏青與重陽登高的生命意蘊〉,《文史雜誌》第 5 期,2001 年 3 月,頁 33～35。

11. 蕭放〈論漢魏時期歲時節日體系的形成〉,《輔仁國文學報》第十八期,2002 年 11 月,頁 95～127。

12. 李雲霞〈「曲水流觴」雅集的盛衰——談上巳節的起源與流變〉,《中國語文》,第九十二卷第一期,2003 年 1 月,頁 58～65。

13. 蔡瑜〈從飲酒到自然——以陶詩爲核心的探討〉,《臺大中文學報》第二十二期,2005 年 6 月,頁 223～268。

14. 蕭馳〈「書寫聲音」中的羣與我,情與感:〈古詩十九首〉詩學特質與座標意義的再檢討〉,《中國文哲研究集刊》30 期,2007 年,頁 45～85。

15. 黃靖惠〈唐詩中的袚禊〉,《逢甲中文學刊》,2008 年 1 月,頁 87～108。

四、學位論文（依出版年份排序）

1. 莊雅州《夏小正研究》,國立台灣師範大學中文所博士論文,1981 年。

2. 陳啓佑《唐代山水小品文研究》,中國文化大學中國文學研究所博士論文,1985 年。

3. 張志誠《中國古代候氣研究》,國立清華大學歷史研究所碩士論文,1991 年。

4. 陶子珍《兩宋元宵詞研究》,東吳大學中文所碩士論文,1992 年。

5. 張金蓮《兩宋上巳寒食清明詞研究》,東吳大學中文所碩士論文,1993 年。

6. 廣重聖佐子《宋帶節令詞研究》,台灣大學中國文學所碩士論文,1993 年。

7. 李秀靜《唐代九日重陽詩歌研究》,文化大學中文系碩士論文,1994 年。

8. 辜美綾《唐代文學與三元習俗之研究》,國立政治大學中文碩士論文,1994 年。

9. 曾淑姿《兩宋中秋詞研究》,東吳大學中國文學所碩士論文,1996 年。

10. 劉學燕《兩宋七夕與重陽詞研究》,東吳大學中國文學所碩士論文,1996 年。

11. 楊欽堯《唐代的節日:以七月十五日爲主要探討》,台灣大學歷史所碩士論文,2000 年。

12. 朱紅《唐代節日民俗與文學研究》,復旦大學中文所博士論文,2002 年。

13. 吳淑杏《七夕詩之研究——以六朝至唐代爲範圍》,政治大學中國文文所碩士論文,2004 年。

14. 何海華《論唐代寒食清明詩》,華中師範大學古代文學碩士論文,2005

年。

15. 王相濤《唐代重陽詩研究》，南京師範大學中文所碩士論文，2006 年。

16. 張全曉《《全唐詩》歲時文化研究》，華中師範大學歷史文獻學碩士論文，2007 年。

17. 張勃《唐代節日研究》，山東大學中文所博士論文，2007 年。

18. 陳正平《唐詩所見遊藝休閒活動之研究》，東海大學中文所博士論文，2005 年。

19. 馬麗珠《宋代中秋詩研究》，靜宜大學中國文學所碩士論文，2007 年。

20. 黃靖惠《唐代詩歌中的節日厭勝文化》，逢甲大學中文所碩士論文，2008 年。

21. 楊子聰《兩宋元旦與除夕詞研究》，華梵大學東方人文思想所碩士論文，2008 年。

22. 成育瑩《物感與人情：白居易詩中的身體感與審美情趣》，國立成功大學中文系碩士論文，2009 年。

23. 劉奇慧《唐代節令詩研究》，台灣師範大學國文系博士論文，2010 年。

24. 王金躍《《歲華紀麗》與唐代民眾歲時民俗》，青島大學專門史碩士論文，2012 年。

25. 李堯涓《歸田與憫農——唐詩中田園書寫的兩個面向》，逢甲大學中國文學研究所碩士論文，2012 年。

26. 鄭文裕《唐人歲時吟詠研究》，玄奘大學中文所博士論文，2013 年。

五、網路資料

1. 中國知識資源總庫——CNKI 系列數據庫：http://cnki50.csis.com.tw/kns50/。

2. 故宮【寒泉】古典文獻全文檢索資料庫：http://libnt.npm.gov.tw/s25/。

3. 文化部台灣大百科全書永久網址：http://taiwanpedia.culture.tw。

4. 香港浸會大學中醫藥學院藥用植物圖像數據庫，永久網址：http://library.hkbu.edu.hk/electronic/libdbs/mpd/。

5. 國家圖書館——台灣博碩士論文資訊網：http://ndltd.ncl.edu.tw/cgi-bin/gs32/gsweb.cgi/ccd=ev.kXq/webmge?Geticket=1。

6. 國家圖書館——期刊文獻資訊網：http://readopac.ncl.edu.tw/nclJournal/。